짧은 만남 긴 이별

짧은 만남 긴 이별

김영기 시조집

정은출판

| 시인의 말 |

부치고 싶은 편지

이제껏 미루다가
끝내 놓친 한 마디를

당신이 빌던 대로
대보름에 띄웁니다

손 모아
기도 올리듯
얹어 놓은 삼장시

2020년 여름 팔순을 맞아
김영기

제1부
우화의 날개를 달고

제2부

연이 닿는 곳에 다시 만나리

제3부

고향 하늘이 노루 눈에 머문다

제4부

우리 강산 좋을시고

제1부

우화의 날개를 달고

자화상

오가는 이 옷깃 잡고 애원하듯 매달리며

“우리 할망 찾아 줍서, 물 기렴실거우다!”*

물병을 허리에 차고 풀잎처럼 우는 노인

생전에 소중함을 대음하고* 지냈으리

이별을 하고 나면 나도 저 모양일터

거머쥔 목숨 줄 새로 진혼곡을 켜는 바람

*‘우리 할멈 찾아주세요, 물도 굶고 있을 거요’

*대음하다 : 흐지부지 소홀하다는 뜻의 제주어

명함

이름 달고 누운 명함 피사리하듯 뽑아낸다
꽃들이 생기 잃어 아름다움 다하면
시들어 쓸모없듯이 쓰레기 신세 아닌가

서로 소용되기로 악수하며 만난 그날
받은 명함 오늘 보니 처음인 듯 생소하다
뉘 손안 내 명함들도 이 처지 못 면하리

쓸어낸 낙화처럼 수북이 쌓인 이름
미련 없이 버리자니 요것 한 장 남겨두자
결국엔 한 장도 못 버리고 다시 끼워 넣는다

멸치가 하는 말

'헤쳐하면 다 사는데 뭉쳐하며 다 죽는다'

뼈대 있는 자손이라
반역의 말 못하고

속내를 죄 내보이며 굴종의 삶 살았어

수산시장 귀퉁이에 말라서 뒤틀린 몸

서로가 닮았거니
볼품없다 흉보지마

이쯤에 고추장 찍어 허한 배나 달래소

바람 까마귀

날 선 소리 까악대며 바람 몰던 까마귀
처음 약속 까맣게 잊고 산 허정 세월
그 허물 조류독감에 감염 된지 언제였나

그 뉘의 무르팍도 꺾을 듯 드센 기세,
잃어버린 그 야성을 되찾을 수 없을까
콩콩콩 외발로 뛰며 축산이* 짓 하는 새여!

사람에 길들여져 새이기를 거부한 새鳥
까마귀에 물들어서 쪼아대기 배운 사람
서로를 비웃지 마라, 본성 찾을 일이다

*축산이 : 배고파 여기저기 기웃대며 갈 곳 없는 귀신을 일컫는 말로 거지처럼 행세하는 사람을 일컫는 제주어.

응시 또는 마주보기

물총새 매서운 눈 살처럼 내리꽂자

무게 겨운 연밥이 휘청이며 꺾여지고

비로소 유리 천장이 바르르 부서진다

화들짝 물고기 떼 연 밑으로 몰려간 뒤

순간을 포착하는 또 다른 눈빛으로

빗나간 부리를 털며 마주보기 하고 있다

눈꽃, 서설의 기쁨 2

만남을 예감하듯 전령처럼 오신 첫눈
성탄절 청솔가지 축복인 듯 휘어지고
찬송가 울려 퍼지는 사위가 경건하다

한파에 떨고 있을 둥지 잃은 작은 새도
손 모은 기도 속에 눈꽃 품어 지새도록
묵주에 내린 은총을 나목에 걸어 본다

울어서 더 가벼이 비상하는 종소리에
상처를 덮어주며 안수하듯 내리는 눈
우화羽化의 날개를 달고 꿈길 찾아오겠다

퇴임 후일

긴장 속 초조하던
손 목 시계 풀어놓고
뇌 혈류 막아놓던
넥타이도 풀어 제쳐
무거운 짐 부려 논 뒤 산책하는 가벼움이여

일중독에 시린 머리
방한모 눌러쓰고
저린 오금 곧게 펴며
느끼는 땅의 감촉
기우뚱 서툰 걸음마 이레 달이 웃는다

마라톤 42.195km
내 경력 42여 성상
꼴지의 영광을
완주로서 자위할 때
이제는 '건강이 최선' 덕담마저 좋은 당신

스마트 폰 보는 여자

폰에다 시선 꽂아 해거름 하는 여자
언제 봐도 그 자리에 정물화로 앉아 있다
타인을 아랑곳 않는 몰입경의 그 자세

명화를 감상하듯 힐끔대는 뭇 시선에
그녀는 화면 속의 누굴 유혹하는지
'거울을 보는 비너스'*를 연출하고 있는 듯

관객의 관음증과 여인의 나르시스
상상은 나래를 펴 궁금증을 채색할 때
유도화 깊은 그늘 속 새 울음도 붉어라

*'거울을 보는 비너스': 이 작품은 디에고 벨라스케스(1599~1660)의 유일한 누드화로 1600년대 스페인 회화에서 볼 수 없었던 파격적임. 티티안의 '우르비노의 비너스'와 함께 서양미술사상 가장 아름다운 비너스 그림 중 하나로 꼽고 있음.

만나 괴롭고 못 만나 괴로워

하르방 손지 아니랄까 봐 벙거지* 둘러쓰고
남들이 좋다하니 올레 걷기 나왔것다.
질서를 놓친 그 여인 좌측통행하시는데

치킨게임 하듯이 정면 마주 치것다
"우측통행 하세요. 오른 쪽이 옳은 길입니다."
"내 멋에 내 맘 대로지!
일하라 절하라* 마세요."

제멋에 사는 세상이라지만 그래도 이건 아니지
당당한 그녀 앞에
피하는 게 상책이라
어쩌다 당한 일로 치고 다시 볼 일 없기를

그런데 같은 시간대에 자주 만나 괴로운데
법구경을 새겨들라 죽비만 맞았것다

미운 이
만나 괴롭고
고운 이
못 만나 괴로워!*

*벙거지 : 와이어 벙거지
*일하라 절하라 : '이래라 저래라' 비속어
*'미운 이 만나 괴롭고 고운 이 못 만나 괴로워'는 법구경 중 애호품愛好品 구절을 인용한 것임

복슬이 엄마

민들레 꽃솜처럼 훨훨 제길 떠난 자리
언제나 같이 있어 가치 있는 식솔 하나
남들이 개 엄마라고 흉을 본들 대수랴

퇴행성 무릎 끌며 모처럼 온 공원벤치
그리움 바라기에 내리 사랑 더 붉건만
귀갓길 뜨는 별처럼 아스라한 치사랑

족보 있는 반려견도, 효도 선물 반려폰도
저승 길 앞장서 줄 복슬이와 비길 손가
피붙이 아니라 해도 이에 더함 없으리

모딜리아니의 잔느

언제 봐도 그 자리엔 큰 모자를 쓴 여인
턱을 괸 긴 목과 시선 끄는 손가락이
명화 속 모딜리아니의 잔느 모습 닮았다

그윽한 검은 눈에 푸른 색조 덧칠하며
오버랩 기법으로 S라인을 쓸어낼 때
곡선의 부드러움이 갈색 향을 풍긴다

파리 지나 되돌아 온 잔느 카페 늦은 저녁
너무 멀리 갔었나, 때 맞춰 내리는 눈
애달픈 순애보 싣고 눈꽃으로 내린다

공원벤치 독거노인

긴히 쓰다 버려진 우산의 신세던가
온기마저 날아간 헌 둥지 모양센가
언제든 기다린다는 대답 없는 메아리

귀 기울여 들어보니 내 안의 독거노인
지기 전 동백꽃에 맺힌 이슬 떨어지고
썩어서 틔우리라는 푸른 꿈의 하소연

가슴에 묻어둔 비밀의 문 아니라네
물길을 열어 주니 금단의 섬도 아니
걸어 논 빗장을 빼며 불 댕기는 푸른 등

누구의 말씀인지 내리 사랑 남은 흔적
낡은 집 바람길 따라 제 자리 맴돌면서
한생을 내남직없이 그렇게들 산다고

쯧쯧쯧!

음력이 생활이던 농경시대 관습 따라
내 생일 7.19는
양력으론 8.22
양력이 대세인 지금 의미 없는 호적 생일

올해는 윤 4월에
보름 늦은 9월 6일
삼복더위 끝낸 즈음 백로 절기 맞아들여
모처럼 제대로 맞은 생일상을 받겠네

하지만 공적으론 생일 축하 끝냈으니
가짜가 생색내는
내 주민증 쳐다보며
세상사 이 같은 일이 한둘인가, 쯧쯧쯧!

금혼 서약

정년퇴임 그날을 종착으로 정했는데
덤으로 몇 정거장 공짜로 받았으니
매사에 적덕누인積德累人을 베풀면서 살아요

반백년 사는 동안 너는 나 나는 너로
공원의 연리목처럼 일심동체 되었으니
비익조 하늘을 날 듯 다시 출발해 봐요

저승 길 가는 날엔 함께 못가 어쩌지요?
그래도 올레길만은 떨어지지 말아요
웃으며 둘이 살아도 너무 짧은 한 세상

금가락지 선물

–괌 메리조 공원에서

저 멀리 보이는 게 지귀도 풍경 같아
야자수 배경으로 인증 샷 하였는데
코코넛 뾰족 탑 위에 둥근 해가 아니란다

느릅나무 두 그루에 햇살이 기울 때쯤
망원 렌즈 사진사들 탄성이 웬일인가
기해년 선달 스무엿새 금환 일식 샷! 했다고

사과 한 쪽 베어 먹듯 부분일식 고작일 걸
남국 땅 이곳에서 온전한 금환일식이라니
금혼식 금가락지 선물 80년을 기다렸구나!

제2부

연이 닿는 곳에 다시 만나리

세한의 꽃 편지

가로수 후려치던 산발한 초겨울비
차밭에 들어서자 신기하게 멎는 이변
번민에 날밤 지새운 새벽녘도 그랬나요

왜 오셨느냐는 인사는 왜 사느냐는 질문 같아
찻잎만한 좁은 일상 속 터지는 세상사에
대답을 묻어두고선 그냥 웃고 말았지요

흰 꽃잎 따 손에 드니 받아든 엽서이듯
출렁이는 느낌표로 스미는 추억 편린
그대도 세한의 꽃을 좋아한다 했던가요

천파만파 물보라로 차茶꽃은 벙글어
진행형 밀물로 번져오는 차향이여
설화雪花에 오버랩 되는 님의 초상 그려요

겨울 구기자

–장모님 일생

눈발 속 이별한 후 되돌아 반평생을
대문도 밤낮으로
마음까지 열어놓고
어느 날 불쑥 오실 님 기다리는 구기자

대문의 초병인 듯 부동의 그 자리에
신수 점 믿어보듯
풍문에 귀 세워도
생사는 하늘 구만리 부치지 못한 편지

기다림은 무거워도 실가지는 가벼워
더 붉어 말라버린
회한의 줄기마다
흰 눈꽃 다시 피우고 스러져간 구기자

짧은 만남 긴 이별

휘황한 우주쇼
유성우 내리는 밤
찰나의 만남은 긴 이별의 예고편
오감의 텔레파시로 타전하며 오고있다

경이로운 그 열연은
안무도 없는 연기
못 이룬 첫 사랑에 다짐만 풀어놓듯
집착에 휜 등허리를 투시하며 내린다

그러네, 무한 무량
허공의 시간 속에
한 생은 역마살로 닫히는 단막극
객석엔 떨기별이듯 반디만이 외롭다

사할린 하얀 동백
–큰누나 이야기

부평초 흘러가듯 머무른 사할린에
한때는 에이코가 나타샤로 살았다네

못 잊을
영자란 이름
아기동백 닮은 이름

진동산 언덕 빼기 해마다 피어나듯
망향가 부르고 불러 하얀 꽃이 되었나

사할린
잿빛 하늘로
소지되어 난飛 동백

그 날의 트라우마

-맏형 이야기

꿈길마다 찾아오는 적근산 고지전*엔
눈이 먼 풀벌레만 외계어로 울고 대고
목발에 헤매는 전선 갈증에 목말랐다

작달비가 그리운 칠월의 능선 둘레
포화가 때린 상흔 폐허의 영상인데
승리의 사단 깃발만 핏빛으로 흔들렸다

휴전에 막다르던 그 자리에 다시 서서
전우들의 숨소리에 채보한 여운 몇 점
가슴에 화인을 찍듯 불꽃으로 피어났다

*1953년 7월, 적근산 602 고지전

산지 등대비화

–큰 형수 이야기

돌아선 뱃머리가 물길 내며 멀어질 때
태극기 흔들면서
무운 빌던 속마음을
증표로 눈 맞춤하던 산지 등대 수문장

눈물의 손수건을 미망未忘의 이야기로
건져내며 연출하나, 고패질 하는 파도
수편의 전쟁 비화를 엮어놓던 그 해 유월*

달 띄워 길을 치며 지드림* 하던 그대
기다림만 채우고
가뭇한 먼 자리엔
물새가 대신 앉아서 별자리를 지킨다

*그 해 유월 : 1950년 6 · 25

*지드림 :한지에 싼 쌀을 용왕님께 바치며 '무사안녕'을 비는 치성을 뜻함

돌아오지 않는 새
-마을 놀이터에서

느티나무 노란 그늘 사라지고 어룽일 때

임자 잃은 시소 밑에 수북이 쌓인 낙엽

잎 대신 걸린 깃털이 그 새인 듯 애틋하네

우듬지 그네 타며 왁자하던 놀이터는

그림 같은 풍경 한 폭 동화의 세계였나!

계절도 함께 가버린 저 하늘 길 아득하네

차가워진 사방으로 놀빛마저 사위는데

옛 그대로 그 자리에 눈뜨는 아기별만

가고는 다시 못 오는 길 북으로만 기우네

노란조끼 사나이

까치가 날아들 듯 노란 조끼 사나이
동백꽃 철인데도 노란조끼 혁명인지
광장을 주억거리며 무언 수행하고 있다

70년 전 그 아버지 뚜럼*이라 부른 사람
이도 저도 아닌데 앞장서 설치더니
유복자 하나 남기고 홀씨처럼 사라졌어

할 말을 하라는 듯 직박구리 우짖는데
말 못하던 그 애비에 귀먹은 그 사나이
성깔을 버리지 못한 동백꽃만 뚝뚝 진다

*뚜럼 : 바보처럼 어리숙한 사람을 이르는 제주어

고란이 닮은 그대

실비는 한이 맺힌 삼천궁녀 눈물인 듯
목어는 목을 빼고 빗소리에 몸이 불어
천년을 흘러 온 강에 속마음을 씻는다

단아한 절 한 채 다소곳이 손에 받쳐
고란초 한 잎 띄워 물 한 모금 마시면
풍경이 가슴에 울어 단청도 스며들어

종소리 여음 따라 고란이 닮은 그대
몸은 멀리 떨어져도 소식은 전해야지
백제의 따슨 숨결을 우표대신 붙인다

반반의 안부
-암 투병하는 아내

짱짱한 햇살 쬐여 투시되는 암 병동

통증마저 지운다며 절로 핀 원추리는

무너진 가슴 자리에 부적인 듯 안긴다

정발산 진초록이 시나브로 잠길 즈음

네게만은 아니라던 헛짚은 허망함에

전이*란 첨 듣는 말이 반반으로 스민다

*전이: 암세포가 딴 곳으로 퍼짐

6만원*

세월호에 꿈을 싣고 '이걸 살까, 저걸 살까'
제주 여행 용돈으로 건네받은 6만원이
이승을 떠나지 못해 유품으로 돌아왔다

저승길 엄한 길엔 무용지물이었던 걸까
어버이 가슴에 묻은 슬픔의 상징이여!
바다가 뭇매질 한다, 발목 잡은 4월을

천상의 목소린 듯 '죄송해요!' '사랑해요!'
노란 리본 떨리듯 물새가 대신 울며
팽목항 파도에 실어 하르방*을 흔든다

*6만원 : 단원고 2학년 한 여학생의 유품으로 돌아온 1만 원짜리 지폐 여섯 장

*하르방 : 여행 시 기념사진 배경이 되는 돌하르방

50년만의 친구야!*

–대금폭포 앞에서

1

용기를 더해주는 벗이 있어 좋아라
해맑은 웃음소리 그 시절 그 대로

내 미처 몰랐던 우정
삶의 활력 얹어주니

반세기만에 만나도 금세 마음 어려져
처에게 자식에게 못 할 말 쏟으며

거니는 발자국마다
추억의 꽃 피워낸다

2

포효하며 떨어지는 대금폭포 앞에서
굽이굽이 막힘없이 흐르는 물을 보라

칠순의 노폐물을 씻어
맑은 영혼 깨우나니

몸이야 늙어가도 새롭게 간직할 일
저 폭포 물길처럼 항상 맑게 살자는 것

그 기원 솔 향이 되어
물보라에 날린다

*50년만의 친구 : 1960년 제주사범학교를 졸업하고, 50년 후인 2010년에 동창들이 만남

다시 설악에 와서

다시 온 설악엔 그대 있어 든든하니
의연한 산세 앞에 만용인들 없을 손가
되돌아가고픈 시절, 가뭇한 청춘의 꿈

그 단풍도 풍파에 시달려 온 목숨인데
풍경과 하나 되는 그 섭리를 모른다면
공해가 될 뿐인 객기, 낸들 그걸 알았으랴

산이 산을 껴안아 그 모습 아름답듯
우리 삶도 그렇다고 권금성 거기 있어
희망의 깃발 흔들던가, 그대의 가슴에도

머문 자리 지우며 낮달을 띄워놓고
산의 마음 한 마음에 달보드레한 그대여
만남은 필연이었네, 설악이 내준 선물

미투리와 백구두

1
머리칼 미투리는 저승길 밝히리다
마음의 편지* 읽고 꿈길로 되오소서

사백년, 타임캡슐에
절절해 남은 연서

2
나에겐 백구두 한 켤레도 필요 없어
소지한 그대 연서 나비로 날아간 뒤

지상의 유산 한 쪽도
함께 따라 가리니

*편지와 머리칼 미투리: 조선 선조 원년(무진년, 1568년) 한 여인이 죽은 지아비에게 쓴 편지와 그를 위한 미투리. 1998년 고성 이씨 후손들이 묘를 이장하다가 발견했다 함.

소래 포구에서

–유경환 시인 생각

소래 포구 물새의 은니를 찾던 시인
가고 없는 그 이름에 물새만 남아 있어
해넘이 물이랑마다 시어를 심고 있다

갈매기 울음만큼 나이테를 쌓는 목선
포구를 저 포구를 끝내 뜨지 못하는데
동영상 한 컷에 걸려 마지못해 끌려온다

만나며 헤어지는 조수 같은 삶의 길에
'연緣이 닿는 곳에 다시 만나리라' 던 님이여!
소래의 풍정만 품고 가오, 물새의 은니인 양

제3부

고향 하늘이 노루 눈에 머문다

노루 마을

진달래 꽃잎 같은 오월의 분홍 꿈에
꽃물 배인 한라산도 잠깨어 꿈틀대는
오종종 말간 이슬에 별을 담던 노루 마을
언덕 위 하얀 집*이 먼 경치 백록 같고
산새 들새 지저귐에 나무 숲 손 흔들면
요들송 산울림으로 화답하던 동화마을
아, 그 봄날 꽃놀이의 은유도 유죄던가
이제는 옛 전설의 배경으로 묻혀버린
사라진 고향 하늘이 노루 눈에 머문다

*언덕 위 하얀 집 : 슬림 휘트먼Slim Whitman의 'Home on the range'

해난디 아장*

추억을 떠올리면 토박이 제주 사람
햇발을 떠올리면 열이면 열 육지 사람
두 연인 다른 해석도 즐거움을 주더라

바다에 몸 담근 후 양지쪽에 앉아서
손ㅂ절* 하던 곳도 지나면 해난디
그리워 다시 찾는 곳 월정리 해변 카페

*해난디 아장 : '~했던 곳에 앉아서'의 제주어
*해 난디 아장 : '햇빛 비추는 곳에 앉아서'의 제주어
*손ㅂ절 : '손장난'의 제주어

있수다

없는 것 빼고 다 있수다, 와서 수다 떠세요

it곁에 수다 쓰고, pun 밑에 있SUDA

자그만 고내 포구에 둥지를 튼 언어퓨전

등대의 갈매기는 시낭송을 하는지

막 먹어도 질리잖는 그대의 수다 같다

침샘을 팡(pun) 터뜨리는 머그잔의 커피향

비와사 폭포*

1
우도의 해녀들은 질질질 울지 않아
쌓이고 쌓인 설움
참고 또 참은 눈물
비와사 폭포가 되어 이어도로 흐른다

2
8경이 좋다지만 늘 보니 의미 없어
꼭 하나 숨은 비경
석삼년 목맨 소원
떠나는 배 위에 서니 비와사가 보인다

*비와사 폭포 : 제주시 우도면(소섬) '톨칸이 절벽'은 큰 비가 내려야 폭포를 이룸.

검은굴* 자리

가마터 불꽃 자리 법당이 들어서고
부처님 앉던 자리 놀이터 그네 뛰네
한 세대 넘기기도 전
가뭇없이 떠나가

허벅진 누이 얼굴 법당의 풍경 소리
사위는 망막 속에 선연한 그 실체를

밟히던 잡초들만이
존재감을 드러내

*검은굴 : 제주에서는 가마窯를 굴窟이라 함. 생산된 그릇의 빛깔에 따라 검은굴과 노랑굴로 구분. 제주시 동광양에도 검은굴이 있었음.

우여샘* 회상

맑은 샘 노래 소리 돈내*를 지나갈 때
설촌하여 사는 것은 사람만이 아니었다
물속의 어린 벌레도 물빛 닮은 일가 이뤄

골짜기 꽃바람도 목마르면 찾아들고
매미 떼 푸른 울음 덩달아 부축일 때
물 긷던 누이 얼굴이 능소화로 물들던 곳

물길 대신 사방으로 곧게 뻗은 도로 위를
골진 주름 펴듯이 트림하는 차량 행렬
자가용 경적 소리에 텃새마저 가고 없다

*우여샘 牛女泉 : 제주시 동광양에 있는 샘
*돈내: 우여샘이 내를 이뤄 산지천으로 흐름

그날의 메시지

–물영아리에서

실잠자리 하나가 억겁 세월 거느린 곳
사람도 자연의 일부라는 사실을
수령산* 만나고 나서 비로소 깨닫느니

산수국에 신고하고 데크 계단 올라서면
새벽녘 꿈결처럼 들려오는 산새 울음
신령의 텔레파시인 듯 타전하는 메시지다

낙엽이 쌓여 쌓여 퇴적 습지 이루고
생명수가 고이 고여 만물이 공생하는
람사르 그 이름 위로 '생태낙원 이루라!'

* 수령산 : 수령산水靈山이라 부를 때보다도 물영아리 오름이라고 부를 때 친근감과 아름다움이 배어나 그 자체로 시가 되고 그림이 될 듯. 물영아리 오름 습지는 습지로서 갖추어야할 것을 다 갖췄기 때문에 '남사르 조약 습지보호구역'으로 등재될 수 있었음.

은지화*에 노는 게들

담배 갑 속 은지 위에 숨을 곳 찾는 게들
저들도 해 뜨는 곳 생존의 길 아는 게지
송곳 끝 스칠 때마다 골 깊어 으늑한 길

싸락눈도 약속한 주머니 속 담뱃가루
여백을 채워 넣던 게 털듯 떨어내면
오실 님 현해탄 길에 은박지별이 뜬다

갯바위를 내려서서 조약돌 뒤집으면
그보다 더 먼 수평선이 눈에 차고
소실 점 찾으려는 듯 그림에 노는 게들

그나마 보양식이라 말 못할 딱한 사연을
차마 글로 쓰지 못해 죄스러워 그린 그림
달랑게 푸른 넋 되어 칠십리에 반짝인다

* 은지화 : 화가 이중섭의 그림

혼인지*에서

물마루 빗장 열면 막혔던 길도 보여
청첩장 금박처럼 여명도 고왔으리
자줏빛 목선 한 척이
신화를 싣고 왔다네

신이 점지하신 대로 벽랑국 떠나와서
혼인지 연못에서 삼신 맞는 세 공주여
혼례 날 들꽃 부케를
뉘게 던져주었는가

물새 산새 고운 축가 어둠을 걷어내고
파도 소리 드세어도 더 맑은 숨비 소리
탐라의 숨결이라네,
대물림의 '이어도 사나'

서로가 서로에게 들러리 서 위로하며
하객 없는 화산도에 정령의 잠 깨우려던
삼을나 쏴 댄 화살이
내게 오고 있었네

*혼인지婚姻池 : 삼성혈에서 태어난 삼신이 벽랑국에서 온 세 공주와 합동 혼례를 올렸다는 연못으로 제주도 서귀포시 성산읍 온평리에 있음. 제주도기념물 제17호로 지정됨.

나이테를 쌓는 돌담

1
벙것* 쓴 돌하르방 침바치로 오신다
올레* 밖 고샅 이은 굽은 길 살펴오며
돌아이 숨구멍으로 푸른 넋을 넣고 있다

2
바람 숭숭 걸러내는 밭담이나 그 아니면
양념을 돌확 찧던 할머니 손 되기까지
일으켜 의지하면서 나이테를 쌓는 돌담

3
한 생을 돌과 함께 살다간 조부모님
영생의 등잔불로 돌무덤 밝히신가
겹 산담 모서리마다 인동꽃 등이 곱다

*벙것: 돌하르방 돌모자를 뜻하는 제주어
*올레: 대문 밖 골목길을 뜻하는 제주어

흑염소 할망

살아온 한 세월이
돌빌레 얼케*같아
안으로 키운 뿔을 혹인 양 줬어지고
서녘의 초승달처럼 염소할망 오신다

모두가 떠나간 듯 사봉낙조 숨은 자리
몇 번을 지켜본 곳 집어등이 눈뜰 즈음
작심코 수평선 위로 수심가를 보낸다

회신의 파도소리
등허리에 얹히는데
저녁도 그믐 저녁
내일은 다시 초승
사는 게 도돌이표라 옹찬 뿔만 키운다

*돌빌레 얼케 : 험한 바위투성이를 뜻하는 제주어

고향의 서낭당

마을의 이정표이듯 초가의 올레이 듯
한 굽이 돌아들면 동구에 당이 있다
세월의 인심 따라서 폐가처럼 잊혀 가는

울긋불긋 긴 헝겊에 이어놓은 명줄 따라
무병장수하여서 금의환향 하게 하소서
어머니, 그 어머니의 신앙보다 더 붉던 곳

빛바랜 타래지만 한 올 한 올 이어놓고
방패연 날리면 유년의 꿈 떠오를까
처다 본 팽나무 우듬지엔 까치집만 덩그레

탑동 갈매기

여우도 죽을 때는 고향을 향하듯이
너희 회귀 본능도 소멸되지 않기를
그 말을 믿어야한다, 잘못은 내게있어

수면을 매립하는 포크레인 횡포에
둥지 잃어 타향으로 하릴없이 쫓겨난 날
두고만 볼 수 없다고 원군으로 오는 파도

동심마저 묻어버린 먹돌 빛 작지위엔
물길이 깊을수록 높아만 지는 하늘
하나 둘 네온 불빛이 별자리를 덮는다.

숨비

–'해녀문화' 유네스코 세계문화유산 등재를 축하하며

바람을 들이켜서 물 분수 뿜어대듯
바다를 들이켜서 토해내는 숨비소리*
고래와 하나가 되는 공존의 몸짓이다

해녀의 숨 바다의 숨 파랗게 출렁여서
고래의 숨 대지의 숨 하얗게 피어올라
바다의 기도가 되고 바다 시가 되나니

절울이*도 잠재우는 할망당 하얀 소지
이어도 내친걸음 오대양도 뛰어넘어
바다로 하나가 되는 해녀 문화 꽃 피운다

*숨비소리: 해녀가 내뱉는 숨소리
*절울이: 성난 파도소리

태왁이 둥둥둥

둥둥둥
물에 들면 육신이 가벼웁다.
사는 게 이 같다면 기꺼이 바다 되리
파도에 휩쓸려가도 마음만은 푸르리니

흔들려도
한 가닥 희망의 끈은 있어
바다 속 팔 뻗으면 스미는 무한 보혈
잡은 손 어느 마디에 태왁 한 개 둥둥둥

살아남은 기쁨에 오늘을 영위하는
너는 분명 원시 바다 탯줄이 아니던가
한 바다 밀어올리는 삶의 맥박
둥
둥
둥

제4부

우리 강산 좋을시고

산수유 눈이 붉다
-행주산성에서

부엌에서 손만 닦는 행주가 아니었다

행주가 해어지면 치마 잘라서라도

야문 돌 날라 던지며 산성을 지킨 결기

조총이 무력함을 예와 보고 알았다

8부 능선 저지하는 어머님의 돌팔매를

돌이켜 되 삭이는지 눈이 붉은 산수유

동상이몽
-채석강에서

춘궁기
보릿고개
겪고 산 지어미는
채석강 바라보며
허기를 채운다네
켜켜이 고물 넣으며 세상사를 배운 이력

책 속에
길을 찾던
삶에 어둔 지아비는
채석강 바라보며
책장만 넘긴다네
책갈피 덮치는 파도 식년시의 이력서

홍도 서정 시편

물새들도 가버려 시름에 잠긴 포구
벼랑의 원추리도 기다리다 이울면
외로워 만파식적萬波息笛*을 찾는
섬 하나를 보겠네.

안개 살짝 가린 틈새 아슬아슬 다복솔아
위기도 벗어나면 삶의 기쁨 되겠지
물마루 채운 낙조도
곰삭으니 젓갈의 맛

미처 정 못 주어도 반기는 기암괴석
돌아보면 그대 사랑 미련도 이와 같아
내 안에 갈기 세운 매질
섬이 먼저 울어라

*만파식적萬波息笛 : 동해 해룡에게 받았다는 전설상의 피리. 이것을 불면 '소원이 성취된다'고 함

겨울, 산정호수에서

한 사나이 절망은 명성산*을 울리고
산이 울어 흘린 눈물 산정호수* 이뤘다는
그 전설 고사목인 양 눈꽃 속에 애달프다

동면을 깨우려고 칼바람 막아서며
꽁꽁 언 빙판 위에 제주 한 잔 올린 치성
지금은 때가 아니라 동안거 드셨는가

내 미처 몰랐던 돋을양지 보소서
봄새내기 갸웃이 움트는 해토머리
그 믿음 옴마니반메훔 들꽃을 피운다

*명성산 : 궁예가 싸움에 패하고 와서 울었다는 산
*산정호수 : 경기도 포천시 영북면 산정리에 위치한 산 속의 우물 같은 호수

고요히 맞는 아침

고요 숲에 들어섰다, 하늘정원* 가는 길
깁실 같은 햇살이 앞길을 열어주니
천년 향 풋풋한 빛이 디카에 박혀든다

가으내 피고 지던 흔적 감춘 벌개미취
낙엽송 빈 가지에 그리움 쌓고 있다
축령산 산 메아리도 숨을 죽여 여는 아침

달그락 소리 없이 돌탑을 쌓았지만
이곳엔 또 뉘 있어 추억을 챙겨줄까
천연색 가족사진이 멈춘 시간 끌고 온다

* 하늘정원 : 경기도 가평군, 축령산 '아침고요' 원예 수목원에 있음

월출산 달맞이

예 와서 알았네, 그냥 달이 여럿인 걸
박꽃 피면 떠오르던 하나 뿐인 고향 달이
가플막 달맞이에도 살풋 앉아 있으니

천황봉 등에 업혀 저 달이 내게 온다
오우가* 행간에 숨어 그리움 적시더니
온 누리 채우고 남아 내게까지 안기려나

달아나는 가등 따라 좇아오는 영암의 달
슈베르트 세레나데 추억까지 되살리며
부르는 달 타령 속에 또 하나의 달이 뜬다

* 오우가五友歌 : 고산 윤선도孤山 尹善道의 시가. 월출산 등반길에 시비가 있음.

밝은 귀 하나

귀를 남겨 전설 엮은 마이산 보노라니
밝은 귀 하나 갖기 소원인 난 조랑말
낙도에 딸린 또 하나의 귀먹은 섬이었네

귀 씻은 산새들이 소리 공양하듯이
꽃들도 인간사 따라 피어나는 도량에
네게로 전하지 못해 체증으로 남은 이 말

먼 하늘 축지로 당겨 풀꽃실어 전하리라
멀리 뛰기 하듯이 마이산에 올라 보니
새들은 벌써 귀 잠 깨어 산을 넘고 있었네

대둔산 안개몰이

등반도 편한대로 케이블카에 몸 싣고
구름다리 건너서 마천대 오르려니
고지를 내줄 수 없다며 안개군단 몰려든다

고소공포 내 약점을 기어이 들추려나
언뜻언뜻 흰 바위를 허물인 듯 발기면서
우듬지 죽창을 드니 그 기세가 등등하다

짙은 안개 키질하면 열리는 하늘인 걸
노닐 곳 좇아서 운해 넘는 철새들아
산벼랑 붙박이 솔에 둥지 틀고 앉아라

지척도 분간 못해 헤매는 게 삶이라며
아슬아슬 흔들고도 안개 모는 '동심바위'
노령의 갈기를 잡고 새날 여는 터주란다

구천동 계곡에서

나제통문 1경에서 33경 닿을 즈음
구천 하늘 비경을 본다, 우리 강산 좋을시고
구천동 나제인들이 오가던 문 으뜸이라

달빛 좇아 허위허위 월하탄을 건너서
비파담 그 풍류를 디카에 담아보지만
어쩌랴, 비파 소리는 계곡물에 흘러간 걸

너와 나 사이에도 사랑의 문 세워서
계곡의 조약돌을 증표로 꽂는다면
나제의 별들이 알고 찾아오지 않겠나

달빛 타고 오는 가야

가야 땅 명당자리 순장 묘의 사자死者들은
기울면 다시 차는 달을 보는 믿음으로
삼생을 오가는 바퀴, 굴리며 몰래온다

황토 먹은 불꽃으로 무쇠를 주무르며
벼려서 날 세운 검 달빛을 베어놓고
황강의 달을 건지던 방울잔도 같이 온다

달빛 안고 잠을 자는 고령가야 사람들아
달 문양 토기 가득 영생을 퍼 담으며
천상의 꿈 띄우는가, 사리봉 꼭대기에

선 하품하는 토우 무슨 말을 할 듯 말 듯
왕조의 문 열쇠 들고 피는 미소 그 속으로
선사 적 기억의 불씨 꼬다케 피우며 온다

유달산에서

등반로 돌계단도 어느 때는 산사태로
일장기 꽂아놓고 엔가도 흘렀으리
이제야 제 얼굴하고 맞아주는 유달산아

충무공 동상에 청동 빛 맺힌 이슬
낟가리 노적봉에 삼학도가 엉켜든다.
목포항 고동 소리에도 출렁였을 그 자취

산천 의구하다는 말 예서는 더욱 아니
사공의 집도 절도 풍정도 간 곳 없는데
이난영 '목포의 눈물' 그 가락만 유장하다

옷자락, 붉은 넋으로

1
'집에 든 도적을 막는 게 진정 주인이라!'
왜바람에 쓰러지는 망연한 그 산하는
양반님 제 몸 사리고 무지렁이 한 세상

갑론을박 실속 없는 사설에 헤매일 때
'단검마저 없다면 맨손인들 못할 손가!'
천강의 우국지심이 괸 물꼬를 트나니

2
소금에 절여진 듯 전란의 긴 세월도
장마 끝 반짝이는 햇살 아래 사위듯
상처를 위무해주며 피어나는 무궁화여!

정암진 바위마저 충절의 뜻은 살아
단심의 곧은 뼈로 천년 숨을 쉬거니
옷자락, 붉은 넋으로 새 세상을 밝히리

경업대를 수놓다

스치거나 머물거나 무심한 저 산인데
신 새벽 이슬 털며 앞서가는 산바람
그 뉘의 속셈을 알아 머물지 못 하는가

충정의 기개 서린 경업대를 거치며
용천검 한 자루의 신화도 품었으리
하나에 하나가 뭉쳐 치닫는 질풍노도

가까이 다가서면 바위에도 뜻이 닿아
풀꽃은 혈서인 듯 고지마다 피어나서
속세를 수놓아간다, 유록의 그늘까지

클릭, 자산어보*

1
"별에도 이름 있지, 네 족보 엮어주마."
무명에 뿌리 없는 떠돌이 어족들을
뒤쫓아 한데 아우르니 근본이 드러난다

2
파도의 갈기 잡고 뱃노래 홍진 가락
숨 죽여 고대하던 산란산후 조리하면
와, 만선! 오색 깃발에 바닷길도 환하다

3
벗님들아! 청맹홍어* 은유도 아름답게
게걸음 걷지 마라, 흠칫흠칫 하지마라
인간사 늘 그렇다고 넌지시 이르는 이

자산어보! 클릭 한방, 비늘무늬 수결은
흑산 바다 화면 위로 떠오르는 아이콘
어부의 별자리 되어 돛대 위에 빛난다

*자산어보兹山魚譜 : 조선 후기의 학자 손암 정약전丁若銓(1758~1816)이 1814년 유배지 흑산도에서 직접 보고 들은 것을 토대로 하여 지은 수산 동식물 연구서. 우리나라에서 가장 오래된 수산학 연구서로 평가되고 있음.

*청맹 홍어 : 짝짓기를 하다 암수 함께 잡혀죽는 청맹과니 같은 홍어를 뜻함

강 건너는 그리움

시공의 끝자락 물러설 수 없는 벼랑
환청으로 들리는 청령포 두견이는
황촉을 밝혀들려나, 저녁놀에 바장여
더 흐를 곳 없다는 듯 강물 멈춘 기슭에
한 세월 지켜보는 수문장 관음송도
탑돌이 날 수를 헤며 나이테를 그렸어

한파에 떨켜 놓친
벼랑의 잎새였나

시린 밤 뼈를 깎는
그리움의 눈물은

꿈길의
마상이 타고
건너고 또 건넜으리

삶과 문학

시조는 나의 힘, 내 삶의 반려

김영기

삶과 문학

-시조는 나의 힘, 내 삶의 반려

김영기

Ⅰ. 내 고향과 유년시절

1. 내가 먹고 자란 우여샘

나는 1940년 음력 7월 19일(양력 8월 22일) 아버지 金海 김씨 좌정승공파 후찬계 입도 20세손 병일炳一과 어머니 全州 이씨 계성군파 입도 16세손 완순完順의 8남매 중 차남으로 제주시 동광양 우여샘 가에 태어났다. 내가 태어날 당시 동광양은 산촌과 어촌의 중간에 머문 특색이 없는 초라한 농촌이었다. 주로 밭농사였는데 보리, 조, 콩, 고구마가 주요 작물이었다. 마을 동쪽은 구릉지 '골짜기'였고 남쪽은 고갯마루 '고산동산'이 가로막아 더 발전의 여유가 없는 지형이어서 마을 자랑

거리라고는 찾아볼 수가 없다. 굳이 내세울 만한 것을 들라면 맑은 샘물이 있다는 정도이다.

어느 마을이든지 설촌 유래를 고찰해 보면 샘을 중심으로 형성됨을 알 수 있는데 동광양도 예외일 수는 없는 것으로 본다. 이 샘을 '우여샘'이라했다. 우여샘은 견우직녀성이 비치는 샘이란 뜻으로 견우의 '우'자와 직녀의 '여'자를 따서 붙인 이름이다. 우여샘은 동광양 주민뿐만 아니라 서광양, 신천동, 가뭄에는 간월동에서도 수도 시설 직전까지 식수로 요긴하게 쓰였다. 이러한 우여샘을 축조할 때 내 조부님이 앞장서 그 일을 추진했다는 게 자손으로서 긍지를 느끼게 한다.

우여샘 이야기하면 빠질 수 없는 것이 '물할망'이다. 전해오는 구전에 의하면 우여샘 북쪽에 사찰이 있었다고 하는데 이형상 목사 부임 후 절을 철거했던 것으로 보아 그 때가 1702년경으로 유추해 볼 수 있다. 절 해체 당시 발견된 유물은 없었다. 동백 고목 밑에 유일하게 미륵불 하나가 있어 '물할망'이라 불렀다. 이것으로 보아 물할망의 본향은 미륵불이며 이를 모신 미륵당이라 할 수 있다. 그래서인지 물할망께 축원하면 아들을 낳는다는 전설이 있어 기자석이라 부르기도 한다. 1990년 이도 2동 토지구획정리 사업 때 우여샘 축장을 철거하면서 옮겨져 지금은 제주민속자연사 박물관에 전시되어 있다.

2009년 제주시「이도 2동지」를 편찬할 때 내가 집필 위원으로 참여하여 동광양 설촌 이야기와 우여샘 축조에 대한 사실을 기자석 설화와 함께 게재하여 사료적 가치를 갖게 한 것을 큰 영광과 보람으로 생각한다. 그런 뜻을 안고 손자와 함께 민속자연사 박물관 전시실을 찾은 일이 있다. 그날 물할망에 대한 관심과 애착을 시조 한 편에 담아보았다.

자연사 박물관으로 이사 온 물할망
천년 고목 자궁 지켜 치성 받던 삼신상제
대 끊길 칠거지악도 '지성이면 이룬다'는

점지한 음덕인지 손을 한 번 펴보라는
쓴 초약 달이시어 혈기 주던 할머니여
드리는 잔 받으소서, 손금마저 닮은 손孫.

-「기자석 앞에서」 부분

2. 의병마을의 긍지

동광양을 흔히 전주 이씨 집성촌이라 하는데 요즈음

은 의병마을에 더 중점을 둔다. 의병장 고승천이 태어난 곳이며 의병 활동의 본거지였기 때문이다. 여기에 이름이 거론된 의병 김재돌 이야기를 하려 한다.

의병 김재돌金在乭(1883-1956)의 본명은 김문우金文佑이다. 재돌은 아명이며 의병 운동 시 불리어진 이름이다. 김재돌은 김해김씨 입도 김만희의 좌승공파 19대손이며 희문공 연빈의 3남으로 애월읍 어음리에서 태어났다. 그러니까 내게는 종조부이시다. 애월읍에서 제주시 동광양으로 이주하시어 청년 시절을 지내던 중 의병대장 고승천 휘하에 들어 항일운동을 하였다. 1905년 을사늑약으로 일본 침략이 숨김없이 드러나자 이를 저지하기 위하여 1909년 3월 3일을 기해 제주시 관덕정에서 거사를 모의했다. 그의 나이 26세 때이다. 거사결전 일을 앞두고 각 마을에 사발통문을 돌리면서 병력을 동원하였다. 김재돌은 의병장 고승천을 따라 대정군으로 출발하였다. 대정군 영락리에 이르러 이장을 설득하여 장정 20여 명을 가담시켰다. 이어 항일 운동 정신에 동감한 신평리, 안성리, 광청리 등지의 장정 3백여 명을 모집하는데 공을 세웠다. 그러나 이를 부당히 여긴 대정군수는 부근 마을 장정을 징발하여 30명씩 주야교대로 경계하며 감시하였다. 그러던 중 2월 28일 밤, 대정경찰 주재소에서는 부근 마을 장정을 동원하고 의병들이 집결소 광청리를 기습하여 의병들과 충돌하였다. 이에 비무장인 의병들은 당해낼 수 없어 흩어지고 민가에 머물고 있던 고승천과 김만석은 3월 1일 아침 체포되었다. 순사가 김재돌을 체포하려 하였으나 날렵하게 빠져나가 담장과 초가지붕을 뛰어 넘으며 도주하여 '초가담장을 뛰어 넘은 장수'라는 이름을 남겼다.

3월 2일에 대정에 도착한 일경 구보희등차는 고승천의 인품이 비범함을 보고 항복을 권하고 회유하였으나 고승천은 단호히 거부하고 항쟁의 뜻을 굽히지 아니하자 김만석과 함께 총살하였다. 이로써 3월 3일의 거사 결전은 물거품이 되고 의병 진원지인 동광양을 급습하여 김석명을 체포하였다. 의병장 이중심과 의병 조인관, 노상옥 등은 한 어부의 도움으로 귀덕 포구에서 육지로 탈출하였다. 한편 격문과 통고문에 동의한 이장들의 설득으로 동참을 결의했던 장정들도 사태가 이렇게 되니 모두 뿔뿔이 흩어지고 말았다.

세월은 흘러 1977년 사라봉 모충사에 의병 항쟁기념탑을 제주도민의 이름으로 건립하여 그 애국정신을 기념하게 되었다. 광복회 제주도 지부에서는 의병장 고승천을 기려 그의 출생지인 동광양 고산로에 '승천로'라는 표지석을 2000년 12월에 설치하였다. 이처럼 그를 기리며 독립유공자로서 예우하고 있으나 의병 김재돌은 유족 미상으로 지내오다가 뒤늦게 그의 아들이 유공자 신청을 하였으나 호적 이름 김문우와 동일인 여부가 의문시 되어 번번이 반려되었다. 그래서 다시 의병자료를 수집하고 조사하며, 종조부님임을 확인하는 인우보증을 받고, 속기사협회를 방문하여 사실증언을 녹취하는 등 그런 과정을 거치는 노력의 결과 유공자 유족임이 확인되어 2018년 삼일절에 드디어 건국포장을 받는 영광을 안게 되었다. 그 간의 사실증명이 힘들었다는 점은 차치하고 가문의 영광을 찾은 기쁨이 컸음을 밝히면서 조부님을 기리는 시 한편을 써보았다.

몰아치는 한파에
한 곳 지어 누웠다가
우우우 일어나며
쳐든 깃발 만세 소리
그것은 머리띠 두른 농사꾼의 혼불이다

수탈에 이골이 난
강점기의 칼바람도
조부님의 화승불은
어쩌지 못 했으리

깃발로 휘날리다가 불꽃으로 가신 생애

한라산 건너와
산굼부리 도린곁에
강설기 눈보라에
더 싱둥했단 얘기
상고대 꽃을 피우며 곶자왈을 지킨다.

-「조부님의 곶자왈」 전문

3. 수數에 없는 아이

조부님의 불만은 자부인 내 어머니가 1남3녀를 둬 아들 손자 하나를 바라는데 있었던 것 같다. 자의 반 타의 반으로 기자석에 백일치성을 드려 득남 했으니 그 기쁨은 말로 표현할 수 없을 정도였다고 들었다. 복덩이 대우를 받았음은 물론이다. 그러나 호사다마라 나는 생후 백일 만에 홍역을 앓아 죽은 자식으로 버려지는 신세가 되었다. 그런데도 용케 목숨이 붙어 '태역둥이'(잔디둥이)라 부름 받으며 유년기를 보냈다. 그래서 형제와 달리 왜소하고 허약했으며 그에 따라 성격도 소극적이 되지 않았나 싶다. 죽지 않고 살아나 1년 뒤 한 살을 줄이고 출생신고를 하니 1941년 7월 19일 생이 된 것이다.

그 후 부모님은 내 뒤로 2남1녀를 뒀으니 8남매가 되었다. 식솔이 많아지자 어머님은 유독 허약한 나를 보고 '수에 없는 아이 효자 선다'는 말씀을 자주 하셨는지 모르겠다. 그 말이 씨가 되었는지 굽은 나무가 선산을 지킨다는 말처럼 나는 평생 동광양을 떠나지 못하고 고향과 선영 지킴이로 살고 있는 게 아닌가! 6·25동란이 발발하자 군에 입대한 만형의 문운을 비는 어머님의 치성은 지극하셨다. 어머님 신앙의 대상인 북두칠성의 별자리는 어린 내 가슴에도 신비롭게 다가왔다. 그런데 나는 수에 없으니 일곱 별 중 내 별은 없는 듯하였다. 어릴 때 이러한 소외감은 내 의식에 깊숙이 잠재하여 「그 별」이라는 시를 쓰게 되었다.

염천의 삼복 넘겨 입추에 이른 절기
정화수에 별이 뜨는 태몽이 있던 날에
백일을 치성 드린 공, 득남 소원 이루시고

밝은 시력 아니면 볼 수 없는 알코르
북두칠성 한 끝에 딸린 수數에도 못 끼는 별
어머니 눈썹에 걸린 그 별 내게 주셨다.

존재감 아예 없는 애틋한 그 별처럼
무명실 명줄 얹고 목숨이나 부지하라
밤마다 미륵님전에 발원으로 사신 당신.

철들어 그 별자리 점지한 뜻 알만하니
여덟 남매 씻기려 은하수 미리 가서
새 심지 돋우셨나요, 새 빛으로 오는 그 별.

-「그 별」 전문

조부님의 손자 사랑은 각별했다. 나는 조부님 품에서 제주설화를 들으며 자랐다. 지금 생각하니 책이 없어 독서를 못한 대신 조부님 무릎학교에서 독서를 대신 한 셈이다. 지금도 잊어지지 않은 「아기장수」, 「자청비」, 「설문대할망」, 「사만 년을 산 사람」 등등 그 이야기가 잠재해 있어서인지 내 첫 동시집 표제를 아기장수이야기를 상징하고 싶어서 『날개의 꿈』이라고 하였던 게 아닌가 한다.

조부님은 제주향교 훈장으로서 유교적 삶을 사셨다. 평소에 자주하신 말씀 중 두 가지를 지금도 간직하고 있는데, 그 첫째가 '적덕누인積德累仁'하라 였다. 어릴 때는 그 말의 뜻을 제사 때 적과 떡을 많이 하여 이웃에 나누라는 것으로 알아들었다. '적덕누인은' 우리 집

안의 가훈이다. 그 두 번째가 '이 당 저 당해도 궨당(친족)이 제일이다. 당에 들지 말라' 였다. 철이 들어야 그 말씀의 뜻도 이해하게 되었다. 그 속에는 종조부님이 의병에 가담하여 일경의 감시를 받았으니 얌전히 가정에 충실하라고 조부님께서는 말렸을 것이라는 거다. 그래도 종조부님은 형의 말을 듣지 않고 항일운동에 적극적이었기 때문에 가정은 피폐하였고 식솔들은 생고생을 하였다. 그 결과 당숙들은 불행하게도 초등학교도 마치지 못하였다. 그나마 막내 당숙이 사회 밑바닥을 전전하다 금방을 경영할 정도로 자수성가하여 집안을 일으켰으니 천우신조가 아닌가 한다.

Ⅱ. 사건과 동란 속의 소년시절

1. 내가 부르고 자란 노래

1983년 〈소년〉지에서 '내가 부르고 자란 노래'를 주제로 하는 원고청탁을 처음으로 받았다. 그 때 썼던 내용은 내 유년 시대를 요약해 놓은 것 같아 첨삭하여 다시 싣는다.

내가 초등학교에 입학하던 해 4·3사건이 일어났다. 그 과정에서 약탈과 방화, 학살 등으로 고요한 섬을 진동시키며 쑥대밭으로 만들었다. 주민들은 무장대(그 당시는 '폭도'라 하였다)의 습격을 막기 위하여 성을 쌓았다. 그리고 요소요소에 보초막을 짓고 밤마다 마을을 지켰다. 내가 자란 곳은 지금 시청이 있는 광양인데, 그 당시는 시내 변두리였다. 우리 집은 성과의 거리가 200여 미터 밖에 되지 않았다. 그래서 더욱 무섭고 불안했다. 폭도와 양민을 구분하기 위하여 중산간 주민 소개령이 내려지자 피난민들이 우리 마을로 모여들었다.

그럴 즈음, 처음으로 군가를 들을 수 있었다. 흔히 유행하던 노래가 「적기가」였다. 지금도 가사를 뚜렷이 기억한다. 이어서 6·25 동란이 일어났다. 내가 초등학교 3학년 때이다. 이번에는 타도 피란민들이 우리 마을로 몰려들었다. 학교 운동장에도 천막을 치고 기거하는 걸 보았다. 우리 학급에도 상당수가 피란민 학생이 있었다. 교과서는 전시용이었다. 책을 구하기 어려워 마분지에 교과서를 베껴 쓰기도 했다. 오르간은 고사하고 음악 교과서도 구하기 힘들었다. 그런 경황 속에 어찌 제대로 된 음악교육을 받을 수 있었겠는가. 그 당시 성안 중심부에는 동, 남, 북 3개의 국민학교가 있었는데 내가 다니던 제주 남국민학교는 아동들을 모두 수용할 수 없었다. 그래서 1951년 광양국민학교로 분리하였다. 내가 4학년 때이다. 교실난으로 공회당이나 삼성혈 노송 그늘에서 야외 수업을 하던 중 설상가상으로 학교가 제주도청(지금의 제주시청) 신축부지에 포함되어 옮긴 곳이 알태역이라는 곳이었다. 여기서 판잣집과 천막 교실을 전전하며 공부하고 졸업했다. 3학년 당시 공회당으로 열 지어 가면서 행진곡으로 부르던 노래는 「6·25의 노래」와 「서울 탈환의 노래」가 기억에 생생히 남아있다. 방과 후에는 "전우의 시체를 넘고 넘어…"를 부르며 뒷동산에 모여 상급형의 명령에 따라 제식훈련도 받고 각개약진도 하였다. 계급장을 받았는데 모두가 작대기 하나였다.

6·25가 발발하자 내 맏형은 육군 장교로 입대했다.

형은 휴가 때마다 「행군의 아침」과 같은 군가를 가르쳐 주었다. 나는 늠름한 형의 모습을 선망하며 군가에 완전히 매료되었다. 그렇게 군가는 좋았든 나빴든 간에 어린 시절 나의 인격형성에 많은 영향을 준 것 같다. 내가 동요 곡에 접할 수 있었던 것은 전적으로 내 손위 누나 덕분이다. 네 살 위인 누나는 노래를 잘 불렀다. 용케 음악에 특기를 가지신 선생님이 자주 담임을 하였다고 한다. 그래서 나는 고스란히 누나가 배운 동요 곡을 그대로 따라할 수 있었다. (이하 생략)

2. 그 옛날 내가 처음 읽었던 책

1994년 〈생각하는 나무〉사에서 '내가 처음 읽고 자란 책'에 대한 원고 청탁을 받았다. 그 때 투고했던 내용을 발췌해서 소개해 본다.

나의 어린 시절은 먹고살기가 힘든 때였다. 그래서 부끄러운 말이지만 책을 읽는 것은 어림도 없는 일이었다. 그때는 제주도 4·3사건과 민족의 큰 아픔인 6·25 동란 등으로 혼란한 시기였다. 읽을거리라야 전쟁 중 전시생활 교재가 고작이었는데, 어느 날 공보실에서 발행한 『미국의 여덟 위인』이라는 책을 읽게 되었다. 큰 노트만한 크기의 잉크 냄새가 풀풀 나는 위인전이었다. 그 여덟 위인 중에서도 잊어지지 않는 것은 에이브러햄 링컨과 조지 워싱턴에 대한 이야기다.

(중간 생략)

그 옛날에 읽었던 이 두 분의 이야기는 '신용 있는 사람' '정직한 사람이 되자'는 나의 생활지침이 되어 오늘까지 내가 살아오는데 큰 영향을 주고 있다. 그런 점을 되새겨 보면 어린 시절의 경험이 얼마나 중요한 것인지를 깨닫게 한다. 어릴 때 책을 읽고 감동을 쌓아간다는 것은 건축물의 기초 공사에 쓰는 자갈돌 같이 튼튼한 삶의 기초를 가꾸어 줄 것이라는 확신도 갖게 된다. 아무튼 요즘에는 읽을거리가 넘치는 형편인데도 책 읽기보다 텔레비전이나 게임에 더 많은 시간을 쏟는 것 같아 안타깝다. 더구나 옛날이야기를 듣는 정겨운 조손간의 모습마저도 찾아보기 어렵지 않나 하는 생각을 하니 아름다운 정서가 점점 메말라 가는 것이 아닌지 하는 걱정이 앞서기도 한다.

그러다보니 자연스레 내 조부님 생각이 나고, 그에 따라 '내 인생의 진리는 대학에서 배운 것이 아니라 어릴 때 어머니 무릎을 베고 들은 옛날이야기에서 배웠다'는 독일의 유명한 작가 괴테의 말이 새삼스럽게 떠오르는 것이다.

3. 나를 아동문학의 길로 인도하신 분들

가. 맏형은 나의 평생 스승이자 멘토

6·25 동란이 일어나자 맏형은 육군 소위로 임관하여 전선으로 향했다. 그 때 형에게 그리움의 위문편지를 썼는데, 그 걸 첫 휴가 때 되 갖고 와서는 너무나 감동하여 울었다며 너는 우리 집의 '문장'이라는 칭찬을 해 주었다. 그 때의 칭찬이 글쓰기에 흥미와 자신감을 갖게 된 계기라 생각한다. 그 후 형이 미국 보병학교로 유학을 갔다 오면서 『세계의 명시』를 선물해 줬는데 그 속의 하이네, 롱펠로우, 릴케, 바이런, 아뽈리네르, 푸쉬킨 등의 명시를 만나 즐겨 읽으며 시를 좋아하게 되었다. 중학교 1학년 무렵이다.

우리나라 서정시를 먼저 읽어야 하는데 나는 거꾸로 시 공부를 한 셈이다. (김소월의 「진달래꽃」은 사범학교 때 읽었다.) 이런 체험을 통하여 어린이들에게 독서지도를 할 때도 우리의 고전과 창작동화를 먼저 읽힌 후에 세계명작으로 지도하는 게 바람직하다는 나름대로의 지도체계를 정립하기도 했다. 그리고 칭찬과 자신감을 주는 게 교육적으로 얼마나 중요한지에 대해서도 다시 한 번 곱씹어 보게 했다.

나. 나는 보름달을 사랑한다.

중학교 1학년 때의 담임이며 국어 담당이 장재성 선생님이셨다. 선생님은 학생들의 혼을 빼며 마음을 사로잡는 마력의 교수 기술이 있었다. 괜히 흥분되고 설레며 기다려지는 국어 시간이었다. 그만큼 선생님을 존경하며 좋아하였다.

한 번은 글짓기 숙제를 하는데 형이 보는 『문장강화』에서 나도향의 「그믐달」을 모방했다. '나는 그믐달을 몹시 사랑한다.'로 시작되어 '내가 만일 여자로 태어날 수 있다 하면, 그믐달 같은 여자로 태어나고 싶다.'로 끝을 맺는 데 그믐달을 보름달로 바꿔치기 한 것이다. 그랬더니 참 잘 썼다고 칭찬하면서 발표까지 시키는 거였다. 실은 모방한 사실을 알면서도 칭찬으로 자신감을 돋워준 것이었다. 모방에서 창작이 시작된다는 시론을 한참 뒤에 공부했으니 어찌 은사님과의 그 때 그 시절을 잊을 수 있으랴!

Ⅲ. 내 생애의 3대 불운

1. 내 생애의 첫 번째의 불운

부모님께서 나를 제주사범학교에 들어가도록 종용한 데에는 그만한 이유가 있었던 것 같다. 첫째는 앞서 이야기 했듯이 '수에 없는 자식이 효자 선다'는 믿음 때문인 것 같고, 두 번째는 가정 경제가 어려워서 학비 조달이 용이치 않았기 때문이다. 그것도 내 밑으로 동생 셋과 조카까지 있었으니 오죽하였겠는가. 그래서 인문계 고교 진학을 포기했다. 사범학교를 입학하면 국비 장학금을 받는데 가정이 불우한 친구들에게는 선망의 대상이 되던 때였다. 그래서 제주사범학교는 도내의 수재들만 들어간다는 말이 회자되기도 했을 정도였다.

1960년 졸업을 했는데 4·19혁명이 일어났다. 그 때문에 정계가 어수선하여 3월 졸업하면 바로 교사발령이 나던 것이 지연되어 10월 31일에 1차 발령이 났다. 1차 발령을 받았지만 선배와는 1년 7개월, 후배에게는 5개월 차이 밖에 나지 않아 퇴임할 때까지 경력의 불이익 받았다. 이것이 내 교단 경력의 첫 번째 불운이다.

발령을 기다리는 기간의 방황은 지루했으며 막연했

다. 그 때 발령 걱정을 잊고 활동했던 것이 4-H 클럽이다. 굳이 4-H 클럽을 밝히는 이유는 내 인생과 교직 생활에 지대한 영향을 끼쳤기 때문이다.

(앞부분 생략)

우리 마을 동광양에서 4-H 클럽은 1954년에 창립되었다. 마을 안 길 정리 작업과 우여샘 청소, 그 외로 영농 기술 보급에 힘썼다. 4H 활동 중 특이 사항은 4-H 계몽 극을 벌인 일이다. 1957년에는 「향」이라는 극을 1958년에는 「상록수」 1959년에는 「반대파」라는 제목의 연극을 광양 국민학교 강당을 이용하여 공연하였다.

내게 준 영향의 첫 번째는 그 때 영농 기술을 보급할 때 제주시 농촌지도소 생활지도사로 근무하는 동네 처자와 인연을 맺어 결혼하게 되었고, 감귤 재배를 권유받아 그 농사를 20여 년간 하다가 과수원이 택지개발에 수용되는 바람에 과수재배를 폐기한 일이다.

두 번째는 4-H 계몽 극을 벌이면서 그 때 얻은 지식과 경험으로 근무하는 학교 학예회 때마다 동극지도에 열심 할 수 있었다. 그러던 중 영화 조감독을 만나면서 시나리오 작법에 심취해 시나리오를 필사하면서 공부했다. 지금도 유일하게 김기영 감독의 「하녀」 시나리오가 필사본으로 보관되어 있다.

2. 내 생애의 두 번째의 불운

사범학교 졸업생은 군대도 1년 단기복무를 한다. 나는 1962년 6월에 '단기 복무원'을 병무청에 제출하였다. 그런데 먼저 '단기 복무원'을 제출한 친구들은 7월에 영장을 받고 1년 단기 복무를 하는데 몇 개월 차이로 단기 복무제가 폐지되는 바람에 12월에 영장을 받고 3년 복무를 하게 된 것이다. 이것이 내 일생에 두 번째 불운이다.

체중 때문에 체격 등급 '을'종을 받아서 그 몸으로 어떻게 군대생활을 하겠냐는 걱정들을 했다. 그러나 남자는 병역을 필해야 남자 구실을 한다는 아버님의 가르침을 받들어 당당히 12월 3일 입대하였다. 논산에서 본격적인 훈련을 하는데 '엠원' 총이 무거워서 가슴에 안고 구보를 했던 게 잊어지지 않는다. 그래도 다행히 위생병과를 받아 총 지급 없는 군 생활을 의무대에서 보냈다. 제27사단 포병사령부 의무대는 위생병들이 선호하는 곳이다.

이곳에서 고참 병장이 되니 틈틈이 화천으로 외출하여 〈현대문학〉과 '영화잡지'를 구입하여 시와 시나리오 작법을 공부할 수 있었다. 그러면서 중학시절 통학 길에 짝사랑했던 소녀에게 연애편지를 처음으로 써 보았다. 1950년대 말 당시 KBS 제주방송국에서 가곡 프로그램으로 「장미의 아침」(이원수 시, 나운영 곡)이 방송되었는데 내 애창곡이 되었다. 그 노랫말처럼 장미꽃이 핀 집의 소녀를 만나게 된 것이다. 알고 보니 사범학교 갑장 친구 동생이어서 가까이 지내다가 군 입대 후 연애편지로 사랑을 고백한 것이다. 그러나 절절하던 첫사랑은 이뤄지지 않았다. 우유부단한 내 성격 탓으로 결혼 확답을 주지 못한 게 원인일 수도 있다.

그래도 '장미꽃 집 소녀'는 내 가슴속에 살아 있는 사랑 시의 소재가 되고, 장미 빛 그 꿈이 시를 끌어 올리는 마중물이 된다. 인간의 가장 아름다운 감정이 '사랑'이라는데 시인이라면 '사랑 시' 한 편은 갖고 있어야 하지 않을까 하는 바람을 하며 그 때의 심정을 시로 써 보았다.

장미에
매달리어
넋 놓은
나비 같이

그녀를
담장 너머
꽃 보는 척 기웃기웃,

꽃 향을
팔지 않아서
눈부처만 사고 온 날.

-「짝 사랑」전문

3. 내 생애의 세 번째의 불운

1999년 1월 29일 우리나라 근대 교육사에서 가장 큰 사건은 IMF후유증과 더불어 교육공무원법 제47조 제1항이 개정 · 시행되면서 교원의 정년이 65세에서 62세로 단축된 일일 것이다.

이 법을 통과시키기 위해 교육계의 각종 비리를 고발하며 교권을 실추시키는 한편 65세에 이르는 교원은 노화로 교육적 기능을 원활히 수행할 수 없다는 점을 부각시켰다.

또 교육을 경제 논리로 보아 나이 많은 교장과 교감 그리고 한 학교에서 1~2명의 고령 교사를 퇴출시켜야 교원들의 의식이 새로워져 교육개혁이 완성될 것이라고 하였다. 그래서 세간에는 "교육계 8판"(학교는 무너질판, 교장은 죽을판, 교감은 살얼음판, 장학사는 닥달판, 교사는 이판사판, 교실은 난장판, 학생은 개판, 학부

형은 살판)이라는 유행어가 회자되고 있을 정도로 학교는 어수선하였다.

이런 와중에 선생님들의 위상은 추락되어 사기가 저하되었으며 때문에 학생들에 대한 교육 열정은 더 이상 찾기 어려울 정도였다. 많은 선생님들이 명예퇴직을 신청하여 교단을 떠났으며 단순히 나이가 많다는 이유 하나로 일생 교육에 몸을 바쳐온 훌륭한 고령 교사들이 교단을 떠나야 했다. 그 결과 교사수급에 부작용이 현실화 되어 당장 문제가 심각한 초등학교 교원을 충원하기 위해 중등교사 자격증을 가진 사람들을 대상으로 교과전담 기간제 교사로 임용하는 한편 퇴임한 교사들을 다시 기간제교사로 채용하기에 이르렀다.

내가 교직을 택한 이유는 우리의 헌법, 교육기본법, 교육공무원법, 교원지위향상을 위한 특별법에 교원의 전문적 지위와 교원 신분의 안정적 보장과 교원 지위 우대정신이 명시되어 있고 65세 정년이 보장되어 있기 때문이다. 그런데 국가가 계약을 어겨 개혁이라는 명분으로 정년을 낮춘데 대하여 늘 아쉬움이 남는다. 수많은 교원들을 자기의 의사와 관계없이 강제로 퇴출시킴은 교원 신분의 안정적 보장과 교원을 우대해야 한다는 법 정신에도 어긋나기 때문이다.

Ⅳ. 아동문학에 목마르던 시절

1. 제주아동문학의 탄생

1970년대 내 교사 시절은 목마른 자 우물을 판다는 말처럼 나에게는 글쓰기 지도가 지상 과제였다. 그 열망을 1979년도 말 당시 북제주 교육청 강지택 장학사에게 건의하여 문예교육 서클을 조직하겠다는 뜻을 밝히니 쾌히 받아들인다. 그래서 1980년 초 문예교육 서클을 발기하고 김영기, 김동호, 신수범, 김세경 등 교사에 의하여 정관을 제정했는데 서클의 명칭을 '아동문학연구회'로 하였다. 당시 교과연구회는 도구교과를 위시하여 음악, 미술, 체육 등 서클이 운영되고 있었는데 서예와 아동문학만이 교과 명칭을 쓰지 않고 회칙도 비슷하게 하여 운영되었던 것이 특징이다. 그때 회원들의 분위기는 국어교과 연구회 또는 문예 서클 등을 희망하는 것 같았고 생소한 '아동문학'에 대하여서는 소극적인 반응을 보였다. (초창기 가입 회원 거의가 탈퇴한 것으로 미루어 보아 이를 짐작할 수 있음) 그러나 절호의 기회를 놓치면 제주에 아동문학의 창립이 어려우리란 절박감으로 추진에 박차를 가했다. 이렇게 열악하고 미숙한 여건 속에서나마 '아동문학'이란 명칭을 달고 1980년 2월 26일 고고지성을 지르며 오늘의 제주아동문학협회가 탄생하게 된 것이다.

그해 나는 문교부지정 연구학교인 구엄 국민학교 연구주임으로 근무할 때인데 연구 주제가 '예체능 전담제 운영'이었다. 연구학교 담당 장학사가 그분이어서 '아동문학' 창립 추진이 임의로웠다. 여기서 장승련 선생을 만나고 등단의 꿈을 키우며 아동문학에 열정을 쏟았고, 그 후 연평 국민학교에서 박재형 선생을 만나서 제주아동문학협회의 발전에 힘쓰기로 의기투합하였다. 제주아동문학을 위한 귀한 만남이었다.

다른 지역의 경우 이미 60~70년대에 이미 아동문학회나 협회가 창립되어 있었으나 제주 지역은 80년대에 이르러서야 그 뿌리를 내리기 시작한 것이다.

그리하여 창간호인 〈새벽〉을 북제주군 교육청 지원금으로 김동호(초등 교장 퇴임)와 함께 출간했는데 창간호에 작품을 발표한 회원의 15명 중 현재 4명이(김영기, 박재형, 장승련, 오수선) 창립회원으로 끝까지 남아 제주아동문학협회를 이끌며 활발한 문학 사업을 펴는데 힘쓰고 있다. 이처럼 나는 제주아동문학의 산파 역할을 했다. 이것은 내 생애의 그 어떤 것에도 비할 수 없는 소중하고 보람찬 일이었다.

2. 동시조를 쓰기 시작하다

1992년 선흘 국민학교에 교감으로 근무하면서 본격적으로 동시조 지도와 쓰기를 시작하였다.

시인들은 흔히 시조의 정형률을 사고의 제약과 구속이라 비판한다. 그러나 우리가 살아가는 과정에 결혼을 하면 부부관계 자식과의 관계 등 가족이라는 관계가 시조와 같다고 피력한다. 가정이라는 울타리의 제약 속에서 대화와 사랑으로 조화를 이루어 행복을 가꾸어 가는 것처럼 시조도 정형이라는 규제 속에서 무한한 자유를 누릴 수 있다는 거다.

흔히 시조에 대하여 '국민 문학이다', '민족의 시다', '우리 시다' 등으로 말들은 하지만 대부분이 관심 밖이다. 특히 동시조에 대해서는 더 그렇다. 일본의 단시 하이쿠는 세계적이라 하는데 우리 시조는 그러지 못하고 있다. 이에 나는 미개척 분야인 동시조 보급·확산 운동에 앞장서 어린이들에게 우리 고유의 가락에 실린 전통의 맥을 어린이들이 느낄 수 있도록 하여, 민족의 정체성과 민족혼을 일깨워 나가는데 힘쓰리라고 다짐했다. 그렇게 하는 것이 아동문학인으로서 책무의 하나라고 보았기 때문이다.

그래서 2000년을 맞아 초등학교 용 동시조집으로

『소라의 집』 출간을 시작으로, 2008년 우도를 소재로 한 『친구야, 올레로 올래?』를 펴 내었고, 2018년도에는 제3 동시조집 『아하! 동시조 수수께끼』를 제주교육박물관에서 비매품으로 펴내어 도내 전 초등학교와 도서관, 박물관에 배포하여 수수께끼놀이를 하며 스스로 동시조 짓기를 공부하도록 하였다. 이어 제주문화예술재단의 창작 원금 수혜로 네 번째 동시조집 『참새와 코알라』를 《아동문예》사에서 펴내었고, 2018년도에도 제 5 동시조집 『탐라가 탐나요』를 제주교육박물관에서 비매품으로 펴내었고, 이어 제주문화예술재단의 창작지원금 수혜로 여섯 번째 동시조집 『꽃잎 밥상』을 《아동문예》사에서 펴내어 제주에 동시조 보급 · 확산 운동에 앞장서고 있다는 데 자부심과 보람을 갖기도 하는데 이것이 내 생애의 두 번째 보람이라고 할 수 있다.

3. 자그만 보람에 행복을 느끼며

내 작품의 질이 향상되어 수작을 생산하는 것도 큰 소망이지며 기쁨이지만, 내가 지도하는 어린이들의 글짓기 솜씨가 날로 향상되어 점점 좋아지는 것을 보면 그 이상의 새 힘이 난다.

퇴임 후 2004년부터 모교인 광양초에서 17년간 자원봉사 재능기부를 하고 있는데 20여개에 달하는 각종 문예행사에서 좋은 성적을 거둘 때 일취월장하는 모습에 기쁨이 있고 보람이 있다. 2018학년도 대외 백일장 응모 실적만 보더라도 우포 시조문학관 주최 제1회 시조백일장에 장원, 제3회 백수정완영전국학생문예공모에 장원, 제4회 한국시조문학관 전국학생 시조공모에 장원을 배출했고, 제21회 전국시조공모전 (대구시조시인협회)에도 다수의 어린이가 입상하여 제주 어린이의 재능을 과시하였다.

그 외로 2015년 제주시시인협회장에 선임되면서는 시조시인들과 함께 '찾아가는 시조교실'을 운영하였다. 무보수로 한 번에 4개교를 방문 지도하였는데 회원들의 수고가 많은 것 같아 2015년부터는 제주문화예술재단의 지원으로 강의 수당을 지급하도록 개선하였고, 지도한 결과물을 모아 어린이 시조 작품집으로 『웃음나라』, 『따뜻한 우산』 등을 발간하였는데 해당 학교의 호응은 물론 재단의 좋은 평가를 받았다.

먼 훗날 이들 어린이 중에도 훌륭한 시인이 배출될 것인가 하는 소회에 젖다보니 42여 년간 몸담았던 교직생활이 주마등처럼 지나간다. 과연 내 교직의 외곬길에 내 뒤를 이을 제자가 있을 것인가, 없다면 문예 지도를 했던 것은 말짱 헛일 아닌가 하며 자조하던 중 다행히도 1967학년도 하귀교 재직 시 제자 이옥진 양이 시조 문단에 데뷔하여 청출어람을 느끼게 했고 1978학년도 물메교 재직 시 제자 강정애 양이 문집을 발간하더니 마침내 등단하여 처녀 시집『응원합니다』출판기념회에서 '선생님 가르침 덕분'이라 하였을 때 이것이 가르친 보람인가 하는 감회에 젖게 했는데, 여기에 더하여 2019년 제25회 제주문협신인문학상 아동문학부분에 1979학년도 물메교 제자 고명순이 입상하여 문협의 같은 회원이 되었고, 제주아동문학협회에 입회하여 사제 간이 같은 길을 걷게 된 것이 세 번째 보람이 아닌가 한다.

V. 소감문을 3번 이상 써 보라

1. 등단의 길라잡이 아동문예

1979년 물메 국민학교에 근무하면서 어린이들의 글솜씨를 평가받고 싶은 욕심이 슬슬 일기 시작했다. 그래서 시작한 것이 〈소년 조선일보〉, 〈소년 동아일보〉, 〈소년 한국일보〉 3개 신문사 '문예상'에 도전하여 다달이 응모하는 거였다. 그 결과는 이외로 성적이 좋아 글짓기 분위기를 고조시켰음은 물론 이를 계기로 물메교가 전국에 알려지게 되었다. 그 뿐만 아니라 도내에서도 〈제주신문사〉에서 시행하는 '제주학생문예', 〈제주외솔회〉에서 주최하는 '나라사랑 글짓기 공모' 에서도 물메교 어린이들 재능이 두각을 나타내었다.

가르치면서 배운다는 교학상장이란 말이 있듯이 내 자신도 내가 보는 교육잡지 〈새교실〉과 〈교육자료〉를 통하여 문학 수업하고 싶었다. 그 결과 1980년 9월호 〈새교실〉 '지우문예'에 「유채꽃」이 '매우 선명한 이미지를 안겨주는 밝고 또 톤이 경쾌한 시'라는 평과 함께 박홍근 선생님의 초회 추천을 받았다. 내 작품이 최초로 활자화 된 기쁨을 지금도 잊을 수 없다. 이어 1982년

〈교육자료〉 '교자문원' 4월호에 윤석중 선생님의 '시와 동시의 울타리를 뜯어버린 동시다운 동시였다'는 평과 함께 「마중 길」, 「동박새」, 「바람」 등 3편으로 초회 추천을 받았다.여기에 추천완료 작품 보다 초회 추천 받은 작품을 소개하는 까닭은 처음이라는 말의 어감이 상징하듯이 처음이기 때문에 더 애정이 가며 당시의 순수했던 정서가 그리워지기 때문이다.

햇살 타고
산으로
산으로
번지는
유채꽃
물결

한라산
꼭대기에
한 점 남은
눈

겨울을 몰아낸
들판은

온통
술렁이는
깃발

—만세!
—만세!
터지는 함성.

-「유채꽃」 전문
〈새교실〉 '지우문예' 초회추천작(1980. 9월호 게재)

고개 넘어 마중 길
호젓한 길은
억새꽃이 어서 오라
손짓하는 길
콩 거둔 비탈 밭에
장끼 날리며
걷다 뛰다 숨이 차
부는 휘파람.

마을에서 반이라는
너럭바위는
산새들이 놀다가라

꼬드기는 길
소 몰고 오실 아빠
기다리면서
고개 하나 넘어서니
타는 저녁 놀.

-「마중길」 전문

〈교육자료〉 '교자문원' 초회추천작(1982. 4월호 게재)

'지우문예'와 '교자문원'의 천료에 힘입어 신춘문예에 도전해 보려는 욕심이 생겼다. 그래서 한동안 '신춘 병'이 든 것처럼 전기도 없는 우도교 관사에서 촛불을 켜고 동시 쓰기에 몰두했다. 처음으로 〈동아일보〉 신춘문예에 응모하였다. 이재철 선생님이 최종심을 하였다하며 「교실은 밤에」가 올랐으나 아쉽게 되었다면서 정진하라는 격려를 받았다. 그러자 등단의 길은 오로지 신춘문예 외에는 없는 것으로 알고 신춘에만 관심을 가졌다.

그러던 중 동화를 쓰는 제주출신 강정훈 목사님이 소감문(천료소감, 당선소감, 수상소감)을 세 번 정도는 써야 제 역량을 가늠할 수 있게 된다는 말과 함께 '신인상 모집' 안내가 게재된 월간 〈아동문예〉 두 권을 보내주었다. 등단의 길을 안내하여 준 것이다. 그래서 같이 근무하는 박재형 선생과 돌려 읽으며, 아동문학에 많은 이야기를 나누웠는데 등단은 꼭 신춘만이 아니라는 사실을 알게 되었다.

박 선생은 〈아동문예〉에 나보다 한 발 빠르게 응모하여, 1983년 12월호에 동화로 등단의 영예를 안게 되었다. 그제야 나도 부랴부랴 신춘용으로 써 두었던 동시 작품을 응모하였다. 그랬더니 1984년 3월 제1회 아동문예 신인문학상에 박경용 선생님의 심사로 「등대」외 2편이 당선 되었다. 이로써 '천료 소감'과 '당선 소감'을 3번 쓰기는 썼는데 역량을 가늠하기는 역부족이었고 안개 속을 헤매는 것 같았다.

갈매기가
바다 위를
자맥질할 때면

등대도
파도를 일으켜
하늘을 나는
하이얀 새가 된다.

아버지가
밤바다에

그물을 던질 때면

등대도
그물을 던져
바다에 뜬 별을
건져 올린다.

-「등대」 전문
아동문예 신인문학상 당선작(1984. 3월호 게재)

2. 내 동시·동시조 작품집의 민낯

지금까지 5권(공저 1권 포함)의 동시집과 6권의 동시조집을 출간했다. 시조집은 올해 상재한 것 포함 세 권이 된다. 첫 번째인 『휘파람 나무』는 1980년대 신예작가 11인의 연작시 모음집으로 1987년 11월에 출간되었다. 두 번째가 내 처녀시집이라 할 수 있는 『날개의 꿈』이고, 세 번째 시집이 『작은 섬 하나』인데 1992년 문공부 우수도서로 선정되기도 하였다. 네 번째 동시조 집인 『소라의 집』에는 처음으로 동시조 쓰기 교본을 부록에 넣었다. 다섯 번째는 『새들이 주고받은 말』인데 자작시 해설을 붙인 것이 특징이다. 여섯 번째가 『붕어빵』이라는 동시집이고, 『붕어빵』 속의 연작시 「포니가 하는 말」로 제30회 '한국동시문학상'을 받는 영광을 안겨 주었다. 『붕어빵』과 『작은 섬 하나』의 특징은 연작시에 있다. 연작시는 하나의 소재에 대하여 시작, 발전, 결말 즉 기승전결이 전체적으로 구조화 되어 있어야 한다. 내가 독자의 입장으로 본다면 세 번째 시집의 시들이 좋고 애착이 간다. 작은 섬 하나는 우도(소섬)를 뜻하고 있듯이 나는 두 번씩이나 우도(연평)초등학교에서 교직생활을 해서 작은 섬, 우도를 사랑하기 때문이다. 그래서인지 「섬」연작시에 애착이 간다. 등단 작품 「등대」는 우도 적당한 어느 장소에 노래 비라도 세웠으면 하는 간절한 바람을 갖고 있다. 그래서 『작은 섬 하나』에 이은 일곱 번째 동시조집도 우도를 소재로 한 『친구야, 올레로 올래?』이다. 내가 발표한 여러 편의 작품 중에 시를 평하는 동시인들은 「섬 · 7」이 가장 좋다고 하지만 내 나름의 평가로는 '한국동시문학상'을 안겨준 「붕어빵」을 추천하고 싶다. 그 『붕어빵』 속에 실려 있는 「이상 없음」이 2009년 교육과정 개편 시 채택되어 2014년부터 2017년까지 4학년 1학기 국어 교과서에 선보이는 영광을 안겨주었다.

"벌레 먹어
숭숭 뚫렸어요.

내다 버려요."

텃밭에서 캐어 온
배추를 보며
먹을 수 없다고 내가 말했죠.

"벌레가
먼저 먹어보고
'이상 없음'을
알려주는 것이란다."

농약을
치지 않아
무공해 식품이라며
아빠와 나는 쌈을 하지요.

'아삭아삭!'

-「이상 없음」 전문

우리 반 친구들이 쓴
나라 사랑 글짓기를
선생님이 읽으시고

평하는 말씀

"어쩜 하나 같이 붕어빵이니?
자기만의 생각이 모자라구나."

그러면
나도 붕어빵이지
붕어빵 생각하니 부끄러웠다.

학원 끝나 귀갓길에
아빠와 들른 빵집
아저씨가 나를 보며
하시는 말씀
"어쩜 아빠를 그리 닮았니?
아빠와 아들이 붕어빵이네!"

온종일
붕어빵에 흐렸던 마음
그 덕담 한 마디에 활짝 개었다.

-「붕어빵」 전문

Ⅵ. 시조문학의 문을 두드리다

1. 등단 경위

동시(동시조)의 1차적인 독자는 어린이이지만, 성인 독자도 아우를 수 있어야한다. 여기에 동시도 시가 되어야 한다는 전제가 설득력을 갖는다. 그러기에 동시 쓰기를 어렵다고 하는 것이다. 그런데도 혹자는 이러한 사실을 도외시하고 성인시를 쓰지 못해서 쉬운 동시를 쓴다고 폄하거나 오해를 한다. 그래서 성인시로 등단하여 자존심을 상하게 하는 오해를 풀어보고 싶었다. 그 첫 번째로 시도한 것이 습작하여둔 20여 편의 시조 작품 중 5편을 추려 제3회 《제주시조백일장》에 응모였다. 그 결과 「4·3 일기」가 이용상, 고응삼 시인의 심사로 장원에 뽑혔다.

새인지 나비인지 배추꽃에 앉은 혼령
옷자락에 매달리다 가위눌린 꿈 한 쪽도
안개 낀 난바다 너머 떠도는 부표인 걸.

이제 깨어 있으리 원망도 놓으리

애 터진 꽃송이도 지천인 한 세상에
그 뉘의 전전율률인가, 곡비처럼 문풍지는.

-「4·3 일기」 부분

여기에 힘입어 《중앙시조 백일장》에 나머지 작품을 응모하였는데 「세한도를 찾아서」, 「항파두리」, 「뒤따라오는 것」 등이 차상, 차하로 입상되었다. 그러나 최종 목표인 장원을 위하여 꾸준히 응모한 결과 2002년 9월 백일상에 「절 한 채를 짓다」가 드디어 장원으로 뽑혀 소원을 이룰 수 있었다.

목어는 속을 비워 울림이 쇄락하고
연꽃잎에 사리인 듯 은구슬 구르는데
날렵한 산 제비 두엇 맞배지붕 차고 난다.
발자국도 짐이 되어 개울물에 흘리면서
백팔 계단 올라서면 내림 길은 더 버거워
내 안의 거스러미를 화두로 집어낸다.
일주문을 벗어나면 또 다른 사바인가
울울한 숲 너른 하늘 여백으로 트여놓고
삼생을 점으로 찍어 절 한 채를 짓는다.

-「절 한 채를 짓다」 전문

그러던 중 모 잡지사의 신인상 제도를 소개하는 지인의 권유에 따라 응모하였는데 「한 생을 내 뜻대로」가 당선되었다 하면서 출판사 사정이 어려우니 찬조금을 협찬해 달라고 권하는 거였다. 그러나 내 기대를 저버리는 요구여서 정중히 사양하고 말았다. 이것이 중앙 시조단과의 첫 대면이다. 그런데 2006년 뜻밖에도 권갑하 시인으로부터 〈나래시조〉 소개를 받았다. 그래서 「합장하는 나비려니」, 「오동도에 멈춰 서다」, 「우도의 소」, 「달빛 타고 오는 가야」, 「귤림에서 띄우는 편지」, 「인감을 새기면서」 등 6편을 추려놓고도 내 작품 수준을 스스로 평가하여 볼 때 아직도 멀었다는 판단에 자신감이 없었다. 그러면서도 권위자의 평가를 받아볼 양으로 별로 기대를 않고 응모하였는데 기대를 걸었던 「합장하는 나비려니」와 「인감을 새기면서」를 제치고 「오동도에 멈춰 서다」가 당선되었다는 통보를 받았다. 백수 정완영 님께서 선해주시어 영광스러우면서도 어쩐지 부끄러움이 남아 지금도 그 기분이 가시지 않는다. 그렇지만 이로서 등단이라는 통과의례는 거쳤다. 당시의 심정과 내 과거사가 소감문에 그대로 반영된 것 같아 당선작의 일부와 당선소감을 다시 한 번 되새겨본다.

포말로 스러져야 가르마 타며 오는 바람

징 소리 내는 파도 앞에 시나브로 지는 동백
만나서 좋은 인연인 듯 마주보기하고 있다

흐를 만큼 흘러와서 손잡고 섰나 보다
등대마저 예서는 혼자가 아니란 걸
꽃 덤불 집어등 속으로 빠져보면 안다더라.

-「오동도에 멈춰서다」 부분

〈당선소감〉

굳어버린 타성을 부수며…

김영기 (필명 한덕)

나의 청소년 시절, 탁구가 유행처럼 한창일 때가 있었다. 친구 대부분이 즐겼지만 내겐 관심 밖이었다. 그 후 교단에 서게 되었는데 교기가 '탁구'인 학교에 근무하게 되었다. 어쩔 수 없이 어린 선수들과 탁구를 하다 보니 동년배와의 게임에는 이길 수 있는 실력을 갖게 되었다. 그런데 코치가 '기본 기'가 아니 되었으니 '자세'를 교정하라는 것이었다. 이제 와서 제멋대로 굳어버린 자세를 어떻게 교정하란 말인가. 나는 어려서 배

워야할 시기를 놓친 것을 후회하면서도 자존심이 상하여 '탁구'를 접었다.

시조와의 인연도 탁구와 비슷하다는 생각이 든다. 제주 시조문학회가 창립 될 당시 나는 제주아동문학에 관심을 갖고 동시 쓰기에만 열심이었다. 동시를 쓰면서도 동시조를 이해하지 못했다. 그러다가 앞서가는 타 시 · 도 아동문학인들에 자극을 받아 1990년대부터 동시조의 기본을 어린이들과 함께 공부하기 시작했다. 그 결과 시조는 '우리 시' 라는 자긍심을 갖게 되었고, 이로써 모교인 광양초가 동시조 쓰기 명문교로 탄생되는 기쁨과 보람이 있었다.

그렇게 동심의 세계에서 정년퇴임을 하고는 여생을 시조와 함께 제2의 삶을 꾸려야겠다는 생각이 들었다. 시조를 현대적 감각으로 이미지를 형상화하고 사유를 확장해 나가야 한다는 당찬 결의로 출발하였지만 갈수록 미로에 들어선 기분이었다. '시조'지에 게재된 작품이나 신인상 작품을 보면 내 역량이 닿지 않는 너무나 먼 곳에 있어 부럽기도 하고 한편으론 '기본 기'를 지적하던 코치의 말이 되살아나 자신감이 꺾이기도 했다. 그러던 차에 〈나래시조〉 신인상 당선 소식은 나에게 큰 힘과 새 희망을 주었다. 이를 계기로 용기를 갖고 굳어버린 타성을 부수며 참신한 글쓰기에 힘쓰겠다는 다짐을 하여본다. 끝으로 〈나래시조〉의 무궁한 발전을 기원하며, 남해안 일대 가족 여행 시 '오동도' 글감을 제공하여 준 사랑하는 내 자녀들과 외곬 길 오랜 세월을 한결같이 '뜻대로 하도록' 힘을 준 내자와 이 기쁨과 영광을 함께 하고 싶다.

2. 제주시조시인협회에 가입하다

1993년 제3회 제주시조백일장에 당선됨으로서 입회 자격이 주워졌지만 제주아동문학을 지킨다는 일념으로 동시조 쓰기에 몰두하던 어느 날 신산공원에서 연담 오영호 시인을 만났다. 그 자리에서 간곡하게 입회를 권하여 응한 것이 제주시조와 인연을 맺은 지 15년 만이다. 타향에서 방황하다 고향에 돌아온 심정으로 제주시조에 입회하고 한 가족이 되었다.

—첫 시조집 『갈무리 하는 하루』

2010년 고희기념으로 첫 시조집 『갈무리 하는 하루』를 도서출판 나우에서 펴내었다.

여기에는 1부 「차 한 잔이 사색」에는 소제목처럼 일

상생활 속의 사색을, 2부 「인감을 새기며」에서는 조부모님과 부모님을 그리는 시편을, 3부 「한라산 고사리」에서는 4·3으로 인한 숙부님과 장인 장모, 처형의 희생을 그렸고, 4부 「신화의 느낌표」에서는 제주 신화와 올레길에 따른 명승지를 노래했고, 5부 「오동도에 멈춰서다」에서는 전국 관광지를 가족과 함께 여행하면서 느낀 소회를, 6부 「날개의 꿈」에서는 퇴임 후 청운의 꿈이 어떻게 퇴색하여 가는지를 성찰하는 내용의 시 등등 73편의 실었다.

여기에 양영길 문학평론가는 발문을 통하여 "모든 것은 영원한 것이 없다는 평범한 진리 앞에서 우리들은 겸허하게 마음을 비우게 되는가 보다. 김영기 시인은 『갈무리 하는 하루』를 통하여 애당초 없는 것을 만들어 나가는 발원처럼 자꾸 베푸는 마음을 연습하듯 찻물을 달이고 차를 따르면서 참다운 자기 전환을 경험하고 있었다.

도공이 진흙으로 그릇을 빚어내듯 정갈한 마음으로 빚어낸 시인의 세상은 사람의 표정과 사람 사는 세상의 일인 것 같다. 이러한 빚어냄은 김 시인이 애초부터 제작하여야 할 보임새에 대한 내다봄을 갖고 있다. 방향잡음이라는 의미의 내다봄이랄까. 그저 둘러보는 것이 아니라 소박한 사유를 통해 자신의 삶을 뒤돌아보듯 참

된 나를 반추해 보고 있었다. 스스로의 삶을 갈무리해 나가는 원생願生처럼 김 시인의 마음과 시적 대상이 하나가 되어 사유하고 갈무리하고 있다. 그러면서 조용히 자신의 본성을 비추어 비워진 마음자리에 원력을 세우고 바른 깨달음으로 회향하고 있다.

"차 솥에 물 끓는 소리가 마치 솔바람 소리 같다."는 어느 다시가 떠오르고 생황소리(물 끓이는 소리)가 보이는 듯하다. 김영기 시인의 개오開悪 청허淸虛한 마음자리의 향기에 귀 기울여 보았다." 하였다.

한편 한희정 시조시인은 그의 감상평을 통하여, "선생님의 시편에선 정이 담뿍 들어 있다. 우선 마음(情)이 들어 있고, 고요(靜)가 내려앉고, 깨끗함(淨)의 결정체이며 올바름(正)의 길이란 생각이 든다. 시편들은 아리고 슬프지만 맑은 기운이 가득하다. 발 닿지 않은, 태초의 모습 그대로 숨 쉬는 용암동굴에 서 있는 느낌이다. 무수히 달린 종유석 닮은 시편들은 동굴 천정에서 톡톡 떨어지는 물방울소리 같이 규칙적인 듯 나름의 개성으로 솟아, 오랜 기다림에서 얻은 행복한 결과물이다. 갈무리하는 하루를 지나, 생명을 잉태하는 밤을 지나, 다시 찬란한 아침의 시편들을 기다려진다. 더불어 선생님의 작품은 정靜과 동動의 합일, 또는 정淨과 동童의 근원으로 대변할 수 있을 것 같다. 이 합을 근원으로 한 절창의 시조작품을 감상했다."고 하였다.

다음 글은 '한결 추천시 메일' 임영석 시인이 『갈무리 하는 하루』 에필로그라 할 수 있는 「시인」에 대한 감상평이다.

향기만
남겨두고
그냥 지는 꽃잎이다

빈손으로
왔다 간
바람 같은 무명시인

비운다,
타고 간 배의
짐이 되는 달빛마저….

-〈시인〉 김영기

시인은 시를 쓰는 사람이라 배웠다. 시를 쓰는 일을 어떻게 유지해 가야할까 생각한다. 김영기 시인은 향기만 남겨 두고 그냥 지는 꽃잎 같은 게 시인이라 한다. 이 세상을 살다가는 사람의 모든 마음이 다 시를 품었을 것이다. 시 같은 생을 살다가 간다. 이름 없는 꽃처럼 피어 진다. 비운다, 타고 간 배의 짐이 되는 달빛까지라 하니, 우리 생은 얼마만큼의 짐이었을까 생각한다. 모든 꽃들은 빛을 보며 피어나고 그 빛 속에 열매를 맺으려 꽃잎을 떨군다. 향기로 유혹하고 꽃잎으로 유혹했던 벌 나비들의 마음, 제 몸에 제 성채의 혼을 담으면 그 모두를 버리는 꽃이다. 그런 꽃처럼 모든 사람들이 살아가는 게 세상이다.

–두 번째 시조집『내 안의 가정법』

2016년 제주문화예술재단의 지원을 받아 희수기념으로 두 번째 시조집『내 안의 가정법』을 5부로 묶어 80편을 실었다.

제1부「내 안의 가정법엔 갈 길이 있다」에는 '뚜럼같이 살아도 닭둘기는 되지 말자'는 의지를 담은 성찰의 시편을 실었고 제2부「생명의 시를 읊더라」에서는 음주의 노래를 주제로 하여 거꾸로 보는 세상을 그려보았고 제3부「작아도 꽃은 꽃이다」에서는 꽃에 연관되는 이미지를 나타내며 그 뿌리를 탐색하였고, 제4부「저 홀로 붉고 붉다」에서는 신산공원 산책길을 걸으면

서 꽃들이 들려주는 사랑노래를, 제5부「개량 접수 다시 꽂듯이」에서는 첫 시집에서 덜어낸 제주올레길 코스에 따른 명승지를 노래하는 시편과 폐원의 애환을 담은 「귤림에서 띄우는 편지」로 끝을 맺었다.

다음 글은 시인이며 수필가인 김길웅 칼럼니스트의 『내 안의 가정법』 발문에 표제시인 「내 안의 가정법」에 대한 해설의 일부이다.

'가정법'이라 하면서 오히려 형식은 단아한 시조 형식인 것의 의중이 따로 있음을 훔칠 수 있으면 좋다. '버림, 뒤축 닳은 헌신발의 신세, 아릿한 객기'가 다 시인의 '가정법'에 일정 수준 기여하고 있음을 간과해서는 안 됨을 우회해서 하는 말이다.

인간사에서 쉽지 않은 것이 버림이다. 그러나 시인은 오히려 버림에 무게를 싣고 의미를 부여한다. '만남의 시작'이라면서 단호하다. 인용하지 않은 연작시의 2연에 나온 '꽃잎도 아픈 이울음 뒤 결실로 오는 기쁨'이라 했다. 단순한 서술이거나 선언적 언술이 아니다. 육화해 나온 내면의 목소리다.

잘 숙성된 누룩이 좋은 술을 빚는다. '가정법'은 얼른 생경한 말로 보일지 모르나, 어휘 선택 자체로 시조가 이 시대의 문학으로서 거듭나야 할 활로 모색에 버둥대는 시인의 혁파 의지의 발현 아닐는지. 그만큼 가정법이라는 언어는 젊고 지적이면서 반어적·상징적이다. 종당에 시인은 '별을 헤는 유희'를 즐기고 있다. 가정법이 마침내 유희에 이르렀으니 놀라운 발상이다.

버림은 헤어짐의 연습 그리고 만남의 시작
뒤축 닳은 헌신발의 신세가 된다 해도
희생을 어찌 마다겠어요, 그대 함께 가는 길

그래, 내 안의 가정법에 갈 길이 있다고요
돌부리 걷어차던 아릿한 그 객기도
내 안에 달빛 찰 때면 별을 헤는 유희라오

-〈내 안의 가정법〉 부분

김영기 선생은 평생 사도師道의 길을 걸어온 교육자로 결곡한 인품을 지닌 시인이다. 그런 삶의 절도와 인생 희수에 이른 철학의 향기가 그의 문학에 진동할 것은 불문가지의 일이다. 따라서 오래 배양돼 온 운문의 비옥한 텃밭에서 김영기의 시가 동시에서 동시조로, 또한 시조로 태깔을 바꾸며 어떻게 변용해 왔는지 하는 관점에서 접근하려 한다. 물론 '결곡한 인품이 시조를 품다'가 그 회로다.

돌에서도 오색영롱한 색을 뽑는다. 돌에서 추출해 낸 광물성 안료—천연석채天然石彩. 원석을 쪼개고 연마하고, 인내하면서 수십 번 수백 번 물을 붓고 걸러낸 뒤 말려서 얻는 색이다. 김영기의 문학적 노역이 그와 다르지 않다. 『내 안의 가정법』이 담아낸 그의 문학 영지領地는 넓고 크고 우거져 깊을 것이다.

한편 '한결 추천시 메일' 임영석 시인은 『내 안의 가정법』 시편 중 내가 폐원하면서 가슴 아팠던 심정을 비유한 「곡비」에 대한 감상평을 이렇게 썼다.

폐원에
켜는 톱날
소음을 들었을 뿐

베어져
나뒹구는
속살을 보았을 뿐

콩생이
적막을 깨는

호곡성이 있기 전.

-〈곡비哭婢〉 김영기

곡비는 말 그대로 대신 울음을 울어주는 몸종을 말한다. 슬픔을 대신 울어준다는 것이 얼마나 부당한 일일까, 하지만 그런 감정을 대신하는 일도 세상에는 존재해 있으므로 이런 곡비라는 단어가 있을 것이다. 세상 자기 삶을 대신하는 일들이 무궁할 것이다. 그것이 상류사회고, 기득권 문화를 향한 인간의 욕망이 된 것으로 생각한다. 스스로 무엇을 하고자 하는 것이 아닌, 물론 사소한 것을 다 하며 세상일을 하기에는 시간이 부족한 사람도 있을 것이다. 매미처럼 울음만 울다가 가는 사람에게 세상은 무엇으로 비추어질까, 아니면 나무처럼 평생 서 있다가 가는 사람 눈에 세상은 또 무엇일까, 아마도 김영기 시인은 콩생이처럼(직박구리) 살아도 그 울음은 적막을 깨트린다고 하니 그 자리가 호곡성이었으리라.

또 박옥위 시조시인은 〈나래시조〉 (2016 여름호) '지난 계절 좋은 시조'에 「한 잔의 바다」를 선하여 향음주례로 평하였다.

"받아라."
한 잔 술을
내려주신 아버지

근엄한 한 말씀은
무겁고 두려워라

바다라!

에메랄드 빛
수평선의
긴 떨림.

-〈한 잔의 바다〉 김영기

아버지는 아들에게 향음주례鄕飮酒禮를 연다. 아들이 장성하여 벼슬(공직, 관직 등)을 하거나 성인이 되었음을 인정하고 권하는 인생의 첫 술잔, 아버지는 어머님께 겸상을 차리게 하고 주도를 가르치신다. 그때 첫마디가 '자, 받아라'였을 것이다. 인생의 선배이시자 자상하신 아버지로부터 받는 첫술 한 잔은 감격적이었을 것이다. 어디 주도만 가르쳤을까, 인생살이 전반에 걸쳐 교훈을 내리셨으리라. 그때 감동한 마음을 아들은 지금도 기억하고 있는 것이 아닐까.

'근엄한 한 말씀은/무겁고 두려워라'

그리고 세월이 흘렀다. 아버지가 된 아들도 그 아들에게 주도를 가르칠 기회가 있었을까? 아들은 아버지만큼은 늙어서도 아버지의 교훈을 잊지 않는다.

한 잔의 바다는 술인가, 그리움인가!

'에메랄드 빛//수평선의/긴 떨림.'에서는 푸른 바다의 이미지가 확산되고 있다. 떨리는 것은 수평선이 아니고 바다이고 술이고 시인의 마음이리라. 시인은 한 잔의 에메랄드 빛 바다를 만나고 아버지를 반추하며 그리움을 마실는지 모른다.

〈어린이 시조나라〉 편집주간 정희경 시조시인은 〈시조 21〉 기획 연재 '五讀悟讀'에 「고추밭에서」를 선하여 붉은색의 이미지로 평하여였다. 이 시조는 내 종조부님이 항일운동 내력을 표현한 것으로 의미가 깊다.

붉은 고추 꼭지에 저항의 기미 있다

불화살 쏘아 올려

과녁을 뚫으리라

저마다
당찬 결의로
이마를 묶고 있는

누구엔들 없었으랴, 땡볕에 타던 정열
어깃장만 놓다보니 제 때를 놓쳤다고
콩새가 대신 절규한다.

아린 울대
더 붉다.

-〈고추밭에서〉 김영기

빨강은 금지나 경고를 나타내는 표지에 흔히 쓰이며 위험이나 긴급한 전달을 하기 위해 많이 활용되는 색이다. 위험물의 표지, 정지신호, 출입금지, 축구 경기에서의 레드카드 등에 사용된다.

김영기 시인의 「고추밭에서」는 붉은 '저항'의 의미가 뚜렷하다. '불화살 쏘아 올려/과녁을 뚫으리라'는 '당찬 결의'가 붉은 색으로 점철되어 있다. 마치 시위대들이 자신의 주장을 관철시키기 위해 붉은 띠를 이

마에 두르듯 붉은 고추가 주렁주렁 매달려 있다. 역사적으로 볼 때 농민봉기(고르칸 폭동, 적고적의 난, 홍건적의 난 등)에는 붉은 깃발이 많이 사용되었다. 시위 현장과 붉은 고추밭이 오버랩된다. 그러나 그 시위는 실패로 돌아간다. 마치 수확 시기를 놓친 '붉은 고추' 처럼. 시인은 그 이유를 '어깃장만 놓다보니/제 때를 놓쳤다고'라고 단언한다. 시위대들에게 더 확실한, 붉은 고추처럼 맵고 더 붉은 행동을 은근히 주문하고 있다. '땡볕에 타던 정열'만으로는 안 된다고 더 강렬한 행동을 주문하고 있다.

그래서 '콩새가 대신 절규한다.' 콩새는 10월 중순부터 우리나라에 도래해 월동하는 새로 숲속에 서식하며 나무 위나 땅 위에서 식물의 종자를 먹는다. 붉은 고추의 종자를 쪼아 먹는 콩새의 '울대'가 붉을 수밖에 없다. '절규'하기 때문이다. 시위를 응원하는 일반인들의 외침이라고 읽어도 좋겠다.

'붉은'으로 시작하여 '붉다'로 끝나는 이 작품은 '저항'으로 시작하여 또한 '절규'로 끝난다. 고추밭의 붉은 색 이미지를 잘 활용하여 그 주장과 선명도가 뛰어난 작품이다.

Ⅶ. 마무리 말

1. 나의 '삼상' 파워스팟

옛날부터 내려오는 말 중에 '삼상'이라는 말이 있다. 시상詩想이 가장 잘 떠오르는 곳 세 군데를 말한다. 그 세 군데를 마상馬上, 침상寢上 측상厠上이라 했다. 말 위에서, 그리고 침대 위에서와 뒷간에 앉았을 때 시상이 잘 떠오른다는 말이다.

그런데 오늘날의 정서로는 맞은 게 별로 없어 보인다. 그 대신 요즘은 파워스팟pawer spot이란 말을 즐겨 쓴다. 이 말은 에너지를 북돋아주는 장소로 작은 카페나 가까운 공원 등등을 가리킨다. 그 외로 사찰 등지에서처럼 특정한 장소에서 강한 기와 영험한 기운을 받는 곳을 들기도 한다. 마음과 몸을 치유할 수 있는 관광 여행지를 말하기도 하는데 '제주 올레'에서 글감과 시상을 얻어 써낸 글들이 그 하나의 예가 될 듯하다.

그러면 나의 '파워스팟'은 어디에 있을까. 아마 나의 파워스팟도 가정, 학교, 자연속의 한 부분인 '공원 산책길'이나 '올레길'이 아닌가 한다. 어김없는 자연의 섭리에 맞추며 살아가노라면 여기서 세상에서 더없는 평온

함과 넉넉함을 얻는다. 자연중심의 삶에서 무딘 감성을 깨우고 식은 열정에 불을 댕기며 삶의 고마움에 허리 굽혀 경배한다. 이러한 생활이 시를 낳고 나를 만들어 간다.

촘촘히 얽어 놓은
잎새를 갉아먹고

몸 풀며 오체투지,
속죄하는 자벌레

시시한 시를 쓰면서
시답잖게 길을 간다.

-졸시 「시시한 것이」 전문

이처럼 내 시의 중심에는 보잘 것 없는 작은 것들이 자리하고 있다. 있는 듯 없는 듯 관심 밖의 이름 없는 풀꽃이나 벌레와 같은 것들이다. 남들이 보기에는 사소한 것이며 불필요한 것이지만 내게는 삶의 정수이자 작은 일상이다. 그러는 가운데 한 알의 모래 안에 전 우주가 깃들어 있다는 윌리엄 블레이크의 시구처럼 작은 것이 우주가 되기를 희망하는 것이다.

2. 나의 안식처 시조

작은 것에 중심을 두다보니 관심 밖 작은 것 하나가 우리 동시조를 보는 시각과 정서도 그렇다는 생각이 들 때가 많다. 다른 문학 갈래에 비하여 무관심하고 소원하기 때문이다. 소위 비인기 문종이라는 말이다.

1980년대가 되어서야 동시에 눈을 떠 1984년에 등단한 것도 한참 늦은 것인데, 거기에 1990년대가 되어야 동시조라는 갈래가 있다는 걸 알았다는 거다. 그래서 교사 시절 시조지도를 못한 걸 반성하며 1992년 뒤늦게 본격적인 동시조 지도를 한 것이다. 2003년 정년퇴임하고는 모교인 광양초등학교에서 자원 봉사활동을 하며, 제주아동 문학협회와 제주 시조시인협회에서 실시하는 '찾아가는 아동문학교실'과 '시조교실'에서 우리 시조 보급·확산에 힘쓰다보니 그 길에만 어언 29년이 흘러 오늘에 이르렀다. 그 길에 특이 사항이 있다면 제주교육박물관의 협찬으로 2018년도에는 수수께끼 놀이를 하면서 동시조 짓기를 하는 『아하! 동시조 수수께끼』를, 2019년에는 제주 21코스 올레길을 걸으면서 동시조짓기를 하도록 『탐라가 탐나요』를 발간한 것이다. 특히 『탐라가 탐나요』에 붙어 있는 '21 단계에 따라 동시조 쓰기'는 어린이들이 단계에 따라 쉽게 쓰도록 편집된 지도서로서 선생님들이 동시조 지도에 활용하면 좋은 자료가 될 것으로 본다.

이 글을 쓰노라니 문득 '미쳐야 미친다'는 말이 떠오른다. 아동 문학에 미쳐 아동문학가가 되었고, 이제는 동시조에 미쳐 시조에 산다. 이제는 동시조만이 신앙처럼 내 마음의 안식처요, 내 마음의 치료제가 된다. 오늘 팔순을 기념하는 『짧은 만남 긴 이별』 세 번째 시조집을 출간하여 더 기쁘다. 이 기쁨과 다짐이 《제주 아협》과 《제주시조시인협회》 발전에 자그만 보탬이 되고, 도움을 주신 지우와 선배 선생님들께도 보답하는 길이 되었으면 좋겠다.

짧은 만남 긴 이별
김영기 시조집

초판인쇄 2020년 8월 10일
초판발행 2020년 8월 22일

지 은 이 김영기
펴 낸 이 노용제
펴 낸 곳 정은출판

주 소 서울특별시 중구 창경궁로 1길 29 (3F)
전 화 02-2272-9280
팩 스 02-2277-1350
이메일 rossjw@hanmail.net
ISBN 978-89-5824-412-7

값 12,000원